JN088393
論語集解
小林湖底
経学少女伝
～試験地獄の男装令嬢～
イラスト：あろあ

「な、なんだ僕が女って。そんなことがあるわけないだろう」
雷雪蓮
らい・せつれん

耿梨玉
こう・りぎょく
「ふふ。仲間がいて嬉しいなって。小雪は可愛いし」

李青龍
り・せいりゅう
「今回の院試には主題を設定させていただきました。皆さんには、信を大事にして取り組んでいただこうかと思います」
王視遠
おう・しえん

欧陽冉
おうよう・ぜん

「身体検査に抜かりがあったのだろう！
おい係員、さっさとこの腐れ童生の身分を検めろ！
よく見れば女みたいな顔つきじゃねえか！」
王凱
おう・がい

経学少女伝
～試験地獄の男装令嬢～

小林湖底

MF文庫J

口絵・本文イラスト●あろあ

義を見て爲さざるは勇無きなり

試験会場に女の子がいる。

びっくりするほど女の子である。

□

もちろん科挙は男しか受けることができない。

儒学の経典（教科書）にも「女子は家で仕事をしろ」みたいなことが書いてある。

時は光乾四年、西洋の暦に直せば一五八四年のことだ。女の子が科挙合格を目指して勉強に励む、などと言ったら、へそで茶を沸かすほどおかしな話。

だが、それでは女子が官吏になる道は閉ざされたようなものだ。

気に食わない者がいるのも自然の道理である。

今ここに、雷雪蓮という者がいる。

烏の濡れ羽のような髪を後頭部で一つにまとめ、地味な色合いの袍に身を包んでいる。背丈は高くもなく低くもない。顔立ちはどことなく幼さを残すが、氷のように鋭い視線が大人びた印象を感じさせてやまなかった。

中性的な美少年、ではない。

少年のフリをした少女だった。

(正体を見破られないこと。何があっても男のフリをすること。どんな理不尽があっても泣かないこと)

雪蓮は胸中でそう唱えながら路地をゆく。

本日、科挙試験の前段階——県試が行われるこの県城は、多様な人々でごった返していた。これまで雪蓮が起居してきた僻村とは天と地ほどの差だ。誰かとすれ違うたびに心臓が跳ねるが、こちらが男装令嬢であることに気づかれた様子はない。

(大丈夫。練習はしてきたのだから)

雪蓮は女の子として生まれた。

その事実は何があっても変えられないものだ。

だが、科挙試験を通過するためには男でなくてはならなかった。それは千年の歴史に裏打ちされた絶対不変のルールである。普通はこの時点で諦めてしまうものだが、雪蓮は普通ではなかった。

男装して科挙を受けようと決意したのである。

努力は得意だった。

男としての所作、言葉遣い、趣味嗜好――学べるものは何でも学んだ。ある意味科挙の受験勉強よりも大変だったが、だからこそ雪蓮の内には自信の炎が宿っている。

これだけやったのだから上手くいかないわけがない。

それに、いざという時のための手段も用意してある。

（何食わぬ顔で合格してやろう）

県庁に到着した。最初の試験はこの施設で行われることになっている。さほど裕福な県ではないためか、おんぼろを極めた庁舎だ。敷地を取り囲む壁もひびだらけで、ちょっと小突けば崩れてしまいそうである。

周囲を見渡せば、多くの童生たち（受験生のこと）が、見送りの親類や老師からエールを送られ、続々と門を潜っていた。

まさか自分のように男装してまで科挙を受けようとする女子はいるまい。

常識外の一手。だからこそ気づかれるはずがない。

雪蓮は深呼吸をすると、試験会場に向かって一歩を踏み出して――

「は？」

女の子を目撃してしまった。

雪蓮の常識は破壊された。

□

「だーからぁっ！　私は男だって言ってるでしょー!?」

「嘘に決まってらあ！　どう見たって女だろうが」

「男だよ！　試験を受けに来たの！」

女の子はぴょんぴょん跳ねて自己主張をしていた。

試験を受けに来たとは思えない恰好だ。

派手派手しい桃色の上衣と、裾のゆったりしたプリーツスカート。いずれも夷狄からもたらされた流行だが、男が着るようなものではない。

意地の悪い童生に絡まれるのも必然だった。

身分を偽って侵入するのなら、雪蓮のように万全を期して然るべきである。

「どうして女が科挙を受けるんだ？　おかしな話じゃねえか」

「はあ？　受けちゃいけないっていう規則があるの？」

「常識だろうに！　ここはてめえみたいなのが来る場所じゃないんだ！」

「何それ!?　性別は関係ないよ！　や、私は男だけどね！　その証拠に――」

女の子が懐から何かを取り出そうとする。

が、男はその腕をつかんで止めた。

「証拠なんて触れば分かるさ！　俺が確かめてやるからジッとしてな」

「ちょっと……」

男は卑しく笑って女の子に身を寄せた。

仮にも堂々たる進士（科挙の合格者のこと）を目指す者の言動ではないが、ああいう輩に倫理道徳を期待するのは無駄である。

「やめろ。ここは県試の会場だぞ」

雪蓮は、ついに耐えきれなくなって声をあげた。

正義感ではない。男の物言いが雪蓮の存在を否定するものだったから。そして女の子の言葉――「進士になるのに性別は関係ない」という言葉に共感したからだ。

女の子が夢から覚めたように振り返る。

玉のようにきらめく瞳が見開かれていった。市井の娘にしてはいやに器量がいいなと思いつつ、雪蓮は男のほうへと冷ややかな視線を向ける。

「問題を起こすな。あんたも勉強を頑張ってきたんだろ」

「はあ？　誰だお前は」

「受験資格を剥奪されるぞ」

男は、うっ、と声をつまらせた。盗人のように辺りを見渡し、注目されていることに気づいたのか、謝罪もせずにコソコソと立ち去っていく。

ああいう手合いは社会問題になっている。科挙の受験勉強は過酷を極めるから、四書五経を会得するかわりに大切なモノを失うケースも多々あるのだ。

雪蓮(せつれん)は立ち去ろうとしたが、ぐいっと腕を引っ張られて立ち止まる。

「あなた、お名前は何ていうの？」

女の子がこちらを見上げて言った。

「私は耿梨玉(こうりぎょく)！　ああいう人はあんな感じに撃退すればいいんだね！　勉強になったよ、ありがとう！」

「そうか。それはよかった」

「ねえ、お名前は？」

きらきらした目だった。

何故(なぜ)か振り払うことができない。

「……僕は雷雪蓮(らいせつれん)」

「小雪(こゆき)！　よろしくね」

いきなりあだ名呼び。

その馴(な)れ馴(な)れしい振る舞いを見て、雪蓮は己の行動を早くも悔いた。

むりやり歩き出すと、梨玉も子犬のようについてくる。

「ね、小雪はどうして科挙を受けるの？　やっぱりお金持ちになりたいから？」

「違う」

「じゃあ、権力を振りかざしたいんだ」

「そんな不純な動機じゃない。僕は雷家のために官吏を目指しているんだ」

この時代、一族の名誉のために頑張るのは不思議なことではない。個人の夢や希望が尊重されるようになるのは、数百年も先のことだ。

梨玉は、へえ、と感心したように呟いた。

「同じだね。私は郷里のために頑張っているの」

「男装してまでか」

「これは女装なの！　や、女装っていうか、死んだお姉ちゃんの形見の一張羅で……これを着て進士になるのが私の目標だから！　たとえ女の子に間違われたとしても関係ないよ、ちゃんと受験資格は持ってるんだかんね！」

「でも面倒じゃないか？　さっきみたいに絡まれたら……」

「その時は最終兵器があるもん。さっきは出しそびれちゃったけど」

懐から何かの紙を取り出した。

それは戸籍台帳の写しである。耿梨玉が男であることが証明されていた。役所の印もあるので誰も文句はつけられないが、やっぱり本人は女の子にしか見えない。賄賂でも渡して偽装したのではあるまいか。

いずれにせよ、雪蓮はこの少女に深入りをするつもりはなかった。ロクでもない背景事情に巻き込まれたくなかったし、同じ年度の試験を受けるとあっては、限られた椅子を奪い合うライバルでもあるからだ。

だというのに、この男装少女は小鳥が囀るように話しかけてくる。

幸

「私の村はとっても貧しいの。昔、とんでもない洪水が起きたことがあってね？　家や畑が全部流されちゃって、それからずっと生活に困ってるんだ」

「ふーん……」

　この近辺で大洪水が起きたことは聞いていた。

　朝廷の水利政策が失敗して水があふれたのだという。発表された犠牲者数は四十二名だが、それは明らかに虚報で、実際には数百から数千の人間が亡くなったと言われる。

「だから私は科挙を受けるの。合格すれば、家族に楽をさせてあげられるからね」

「だったらその服はやめたほうがいいんじゃないか」

「言ったでしょ？　これは流されちゃったお姉ちゃんの形見なの。あ、お父さんの形見の大工道具も持ってるよ？　家族には、私が立派に出世するところを見ていてほしいんだ。だからこれは、私にとっての勝負服なんだよ」

「金持ちになりたいんだったら後宮にでも行けばいいじゃないか。その見てくれなら採用されるだろ」

　梨玉(りぎょく)は途端に頬(ほお)を膨らませた。

「宮女じゃ駄目なの！　私は堂々たる官吏になって世界を変えたいんだ。二度とあんな事故を起こさないようにね」

　殊勝な志だが、その台詞(せりふ)は「私は女である」と白状(はくじょう)したようなものだ。

　雪蓮(せつれん)は敢(あ)えて指摘せずにおくことにした。

「立派だな」

「立派でしょ？」

　ふふん、と胸を張る。

　やはり女の子にしか見えない。

「……でも合格できるのか？　問題は難しいぞ？」

　実際は、難しいの一言で片付けられるレベルではない。

　鄭の武帝によって創設されてから約千年、科挙制度という無類の化け物は、龍のうねりのようにその形を変えながら、幾多の受験者を悲喜交々のドラマに突き落としてきた。

　しかし、梨玉は何でもないことのように笑う。

「甘く見ないでよ？　私は学問のことを知り尽くしているんだから」

「経書は暗記できているか？　学而第一の最初は？」

「学びて時に之を習ふ、亦た説ばしからずや――って馬鹿にしないでよ、それくらい子供でも分かるったら」

　梨玉は頰を染めて怒った。

　それこそ子供みたいに表情がくるくる変わる女の子だ。

　今度は不敵な笑みを浮かべてこんなことを言う。

「小雪には悪いけど、状元の座は私がいただくからね」

「そうか。頑張れ」

「うん、一緒に頑張ろうね！」

ちなみに状元とは、殿試（科挙の最終試験）を第一等の成績で合格した者のことだ。誰もがその座に憧れ、挫折していく天上の高み。梨玉がどれだけ優秀なのかは知らないが、こちらの邪魔にならない程度に頑張ってほしいものだ。

□

科挙は一朝一夕で終わるような試験ではない。

県試が終われば府試があり、府試が終われば院試がある。院試に合格すれば国立学校に入ることを許され、晴れて生員と呼ばれる身分を獲得する。生員として優秀な成績を修めなければ、本試験に進むことはできないのだ（ゆえに院試までは科挙そのものというより入学試験にすぎない）。

その全てをひっくるめた倍率は、時代によって変動があるが、当代ではおよそ三千倍。三千人いて一人しか合格することができない激烈な試験だった。

県試から最後の殿試まで幾多の試験を乗り越え、晴れて科挙登第を果たすには、余人には想像もできないほどの精神力・学力が要求されるのだ。

雪蓮が今日受ける県試は、長い長い道のりの第一歩でしかない。しかもこの県試にしたって五回も連続で試験が行われる。一回ごとに合格発表が行われ、落第者はすぐさま県庁から叩(たた)きだされるシビアなシステムだ。

案内された会場には、雪蓮(せつれん)を含めて何十人もの童生(どうせい)が着席していた。

誰も彼も緊張の色が濃い。

「――では健闘を祈る。決して不正のなきように」

童生たちを見渡した後、試験官たる知県(ちけん)が権柄(けんぺい)ずくにそう言った。

姓名は楊士同(ようしどう)というらしい。かつては中央でぶいぶい言わせていたが、何かの拍子で失脚し、雪蓮たちが住んでいる県に左遷させられたという話だ。

その肥えに肥えた姿は、豚を連想させた。

科挙に合格すれば、美味(おい)しいものがたくさん食べられるのだ。

ふと、隣の男装少女がこっそり耳打ちをしてきた。

「豚さんみたいなおじさんだよねえ？」

「……静かにしてろ。聞こえたら投獄じゃすまないぞ」

「あ、ごめん」

何の因果か、雪蓮と梨玉(りぎょく)は隣同士の席になったのである。

ちなみに性別に関してだが、先ほど答案用紙をもらいに行った際、保証人の生員(せいいん)が「耿(こう)梨玉(りぎょく)は男です」と明言した。戸籍に男と書いてあっては疑いの余地もないようだ。

もちろん雪蓮の正体もバレることはなかった。梨玉で問題ないのだから、雪蓮などは大丈夫に決まっていた。過度に緊張していたのが馬鹿のように思えてくる。

ほどなくして知県により試験開始が告知され、係員が問題の描かれた榜(たてふだ)を持って巡回を始める。

最初の問題は――

義を見て爲(な)さざるは勇無きなり
その意味を述べよ

儒学をまったく知らぬ者からすれば何が何だか分からないだろうが、雪蓮は幼い頃から経書を読み込んできた読書人(どくしょじん)のタマゴだ。問題を一目見た瞬間、さらさらと川が流れるように筆を走らせていく。

ちなみにこれは『論語』為政(いせい)篇の一節である。意味的には、正しいことと知りながら実行しないのは勇気がないからだ――といったところか。

（義ね……）

雪蓮は筆を止めて周囲を見渡した。

はたして今の時代、この金言の通りに行動できる人間がいかほどいるだろうか。

見れば、試験官たる知県は、前の机で舟を漕(こ)いでいた。童生はもちろん、官吏ですら孔(こう)子(し)の理念を忘れてしまっているのではなかろうか。

（ん？）

ふと、隣の梨玉がうんうん唸って頭を悩ませていることに気づく。

誰が見ても平易な問題だと思うが、この程度で躓いているようでは、彼女とは今日でお別れかもしれない。

雪蓮はそれから危なげなく問題に解答していった。

ところが、日が傾き、頭場（試験の一日目をそう呼称する）も終わりが近づいてきたところでハプニングが発生した。

「笑止！　これは儂が求めていた試験ではない！」

会場を揺るがすほどの大音声。筆をへし折って立ち上がったのは、憤怒の表情を浮かべた童生だった。

「やり直しを要求する！　こんなことでは才器を獲得できんぞ！」

「おい、騒ぐな！」

係員が慌てて殺到した。

老境に差しかかったその男は、しきりに試験問題についての文句を連ねていた。ああいう手合いも珍しくはない。科挙に年齢制限はないため、不合格を重ねるうちにすっかり髪が白くなり、体制そのものに対して憎悪を募らせるようになるのだ。

「ええい放せ、ろくでもない問題ばかり出しおってからに！」

「何を言うか！　知県さまに無礼であるぞ！」

「儂は治国平天下を目指して戦っておるのだ！　紅玲国のために身を粉にして働きたいと

熱望しているのに、児戯のような試験でふるいにかけられておる！　もう四十年だ、四十年！　許せぬ、許せぬぞ、かくなるうえは京師に告訴をして」

「こやつ……！　知県さま、いかがいたしましょう」

「県試が終わるまで牢にぶちこんでおけ！」

「承知いたしました」

　老人は係員たちによって摘まみ出されていった。

他の童生たちはぽかんと呆けるしかない。

梨玉もびっくりして瞬いていた。

「どうしちゃったのかな……？」

「問題が分からなかったんだろうさ。……それより、あんたは大丈夫なのか？　さっきから筆が止まっているように思えるが」

「だ、だいじょぶ……」

　梨玉の額には薄っすらと汗が浮かんでいる。

騒ぎに構っている余裕などないようだ。

　ほどなくして、知県が大きく咳払いをした。

「そこまでだ！　今すぐ解答をやめろ！　おらそこの顎髭、筆を置け！」

　試験が終わった。

手応えは十分だったため、よほどのことがない限りは合格しているはずだ。

雪蓮は荷物をまとめると、他の童生たちと列をなして会場を後にした。

一つ心配なのは、隣で憔悴していた男装少女のことである。

ライバルのことなど気にする必要はないのだが、自分と境遇が似ているのでついつい考えてしまうのだ。

□

通常、答案審査には数日を要する。

しかし、今回は童生の数が少ないこともあってか、中一日を置いた後に発表されることとなった。先の洪水の被害は甚大で、将来科挙に臨むはずだった大勢の若者も摘み取ってしまったらしい。

「――悪政か。いずれ天に見放されるかもな」

雪蓮は薄汚れた天井を見上げながら呟いた。

童生たちは県庁の宿舎で寝泊まりすることになっている。落ちるまでは出られない、それが紅玲国の学校試におけるルールだった。そして雪蓮に与えられたのは、手狭だが他に同居人のいない小部屋である。普通は八人部屋で雑魚寝をすることになるが、金さえ払えば個室で休むことも可能なのだった。もし男たちと一緒に寝て正体を喝破されたら、すべての計画がご破算だ。懐事情は潤沢とは言えないが、やむをえぬ措置なのである。

その時、こんこん、と叩扉する音が聞こえた。

「小雪！　こんなところにいたんだね」

こちらが出迎える前に顔を覗かせたのは、件の男装少女だった。

派手な服の裾をふわりと靡かせ、小動物のような動きで雪蓮の個室を観察している。

「待て待て！　僕の部屋に勝手に入るな」

「お願い、私を泊めて！　あっちの広間は男の人でいっぱいなの」

「あんた、自分は男だって言ってただろ」

「そうだけどぉっ」

「もう性別を隠す気はないんだな……」

「ち、違うよ！　そうだ、私のことが女の子に見えちゃったら困ったことになりそうじゃない？」

屁理屈はともかく、男たちに囲まれて寝るのは確かに不安だろう。

しかし、それで雪蓮を頼るのはどういう了見か。

「僕も男だぞ」

「そうだけど……小雪は大人しそうだから」

雪蓮の正体がバレたわけではないようだ。

帰れ、と言いかけてから考える。

童生たちは末成りの瓢箪みたいな連中だが、これだけ美しい娘を放り込んだらどんな事件が起こるかも分からない。とはいえ、部屋に入れるのも憚られた。安心を得るために大枚を叩いて個室を準備したのだから……。

「お願いっ！　このままじゃ安心して眠れないのっ！」

「どうして僕があんたを助けなければならないんだ」

「仁だよ！　孔子先生も言ってるでしょ？」

他人への思いやりは儒学で説かれる普遍的な真理だった。

でも。しかし。それにしたって。

「お願いお願いお願いっ！　小雪だけが頼りなの～っ！」

「ああもう分かったよ！　そんなところで駄々を捏ねるな！」

騒がれて目立つのは困るのだ。

梨玉の表情がぱあっと輝いた。

「ありがとうっ！　小雪、大好き！」

「……寝台は一つしかないぞ。あんたは床で寝てくれ」

「やったあ！　じゃあ一緒に寝ようね」

「帰れ」

「ごめんて。お礼に按摩したげるよ」

急に腕をつかまれ、雪蓮は我知らず顔を赤くした。

「僕に触るな！　いらないから！　さっさと入れ！」

「はーい」

我が物顔で入ってきた梨玉は、これまた我が物顔で雪蓮の寝台に腰を下ろした。蝋燭の火がゆらりと揺れる。あまりにも傍若無人な振る舞いだったので、雪蓮はほとほと呆れ果ててしまった。

「あんた、嫁の貰い手もいないんじゃないか」

他人のことは言えないが。

「失礼！　私は村で一番の美人さんって有名なんだよ？」

「それについては同意するが……」

「え、ほんと？」

「何でもない」

梨玉はにんまりと笑った。ここまで懐かれる謂れが分からなかったが、思い返してみれば、県試が始まる前のトラブルで梨玉を助けたのだ。あれで信頼を勝ち取った、あるいは惚れられた可能性すらあった。

雪蓮はモテる。主に同性から。

おかげで男装の自信を深めることはできたが、熱っぽい視線を向けられたところで対応に困るのだ。梨玉がそうならないことを祈りたかった。

「ねえ小雪、私、受かってるかなあ」

「そんなの知らないよ」

「私ね、やっぱり合格して進士にならなくちゃいけないの」

梨玉は、ぽすん、と寝台に倒れ込んだ。そこは雪蓮の寝床である。

「あんな洪水は二度と起こしちゃ駄目。あれって単なる事故じゃなくて人災だかんね。役人が工事を適当にやったんだって。そのせいで私のお姉ちゃんやお父さんは……」

「それはご愁傷さまだ」

「地震とかイナゴとは全然違う。こう言っちゃなんだけど、今の役人たちはぐーたらしているの。だから私は紅玲国の官吏になって世の中を変えていきたい。生き残った家族に楽をさせてあげるために、そして、私みたいな思いをする子がいなくなるように」

科挙登第は栄耀栄華のための手段と見られて久しい。

今時、これほど真摯な思いで試験に挑んでいる者も珍しかった。

「変えられると思っているのか。そのぐーたらしている王朝を」

「うん。進士になれば天子さまにも会えるからね」

それは理想に溺れすぎの感もある。

勉強だけで世界を変えられたら苦労はしないのだ。

弱者が平穏を勝ち取るためには、もっと別の手段が必要だと雪蓮は思っている。

だが、梨玉の純粋な思いは、雪蓮の鬱屈とした気質にわずかな曙光を投げかけた。

「……だったら次の試験も頑張らないとな」

「うう。今日の問題も難しかったなあ」

「知県は性根が腐ってるんだ。ねちっこい出題ばかりする」

「そうだ小雪、勉強教えて！」

「今から詰め込んでも仕方ないよ。寝ろ」

「じゃあ小雪と一緒に寝るー」

「寝るな！」

「小雪、荷物多くない？　何入ってるの？」

「やっぱり寝ろ！　触るんじゃない！」

夜は更けていく。

□

（簡単には寝付けそうにないな……）

雪蓮はこっそりと梨玉の荷物を見やった。人のことを言えないほどに膨れ上がった荷袋である。あの中には科挙の参考書はもちろん、父親の形見である大工道具も入っているのだろう。試験には使わないのにご苦労なことである。


（やっぱり寝付けない……）

それから丑刻になっても雪蓮は寝台でもぞもぞしていた。

床で寝ている梨玉のことが気になって仕方がない。冷静に考えれば、やむを得なかったとはいえ、どこの馬の骨ともつかない人間と一緒の部屋で夜を明かすのは不注意すぎやしないか。

ちらりと梨玉の寝顔を見やる。

その唇がもごもごと動いた。

「うへ……学びて時に……之を習へば……お腹いっぱい……」

なんという寝言。

雪蓮は密かに嘆息し、むくりと身を起こした。

梨玉に気づかれないよう抜き足差し足で部屋を出る。

気分転換も兼ねて散歩をしようと思ったのだ。

夜の県庁は墓場のように音がない。

月が煌々と輝いている。他の童生たちは今頃夢の中だろう。

（僕の目的は科挙登第すること。そして官吏になること……そのためならば、どんな手段を講じることも厭わない）

己の目的を反復しながら歩を進める。

頭場の結果は明後日発表されることになっていた。

合格は難くないと思われるが、科挙に挑むのはこれが初めてだ。先の予測が立たない以上、心の準備をしておく必要がある。

しばらく歩くと気分が落ち着いてきた。

厠に寄ってから帰路を辿る。

だがその時、予期せぬハプニングに見舞われた。

「どあっ」

「！」

曲がり角のところで誰かとぶつかった。

相手が巨体だったため、雪蓮のほうが弾かれて転びそうになる。

宵闇の中からヌッと姿を現したのは、意外すぎる人物だった。

「こらあ！　何をやっているか！　私の行く手を遮るなんて！」

でっぷりと肥えた腹が揺れる。

此度の県試で試験官を務める大男――知県・楊士同である。この近辺は童生たちの宿舎しかないはずだが、何故この男がうろついているのであろうか。

雪蓮は正体を見破られる前に逃げようとした。

が、その太い指でがっしりと腕をつかまれてしまった。

「お前は童生だなっ！　何故うろついている！」

「いえ。僕はただ厠に……」

「許さん、許さんぞ、私が従五品工部郎中・楊士同と知っての狼藉かあ!?」

雪蓮は内心で首を傾げた。従五品工部郎中とはおかしな話である。そもそも工部とは土木建築を司る役所だが、楊士同は単なる地方官吏にすぎない。官職としては正七品知県が正しいはずなのに——

（酔っているのか）

顔は真っ赤で千鳥足。しかも酒くさい。

宴席からふらりと抜け出してきたような有様だった。

頭場の答案審査が終わって酒でも飲んでいたに違いない。

工部郎中というのは左遷される前の仕事なのだろう。

雪蓮は溜息を吐いて知県を見上げた。

「……知県さま。こんなところにいたら風邪をひいてしまいますから、お部屋へお戻りください」

「ん？　んん？　そうかあ。そうするかあ」

しかし知県はぎょろりと雪蓮を見下ろしてきた。

視線が交錯する。しばらくして、驚くべきことを呟いた。

「女だ。女の匂いがするぞ」

「へ……？」

「気のせいか？　そういう匂いがするんだがなあ」

鳥肌が立つのを感じる。雪蓮はほとんど反射的に知県の腕を振り払い、飛び上がるような勢いで二、三歩後退した。

嫌悪感もそうだが、嗅覚で性別を判別できる人間がいたことに驚きを隠せなかった。酔っ払いの戯言だと切って捨てるわけにはいかない。何故なら雪蓮の正体をぴたりと言い当てていたからである。

（どうする。走って逃げるか……）

身を翻しかけた時だった。

遠くから人が寄ってくる気配。

「知県さま！　いったい何をなさっているのですか」

「ああ？　何だお前は？　私は厠に行こうと思ったのだ。厠に……」

「厠はあちらにあります！　ほら、つかまってください」

知県のもとで働いている胥吏のようだ。彼は一瞬だけ雪蓮に視線を寄越したが、何も言わずに知県をどこかへ連れていってしまった。雪蓮はその姿が見えなくなるのを確認すると、踵を返して今度こそ部屋に戻る。

今まで男装がバレたことはなかった。

だが、鋭い者には看破される危険性があることが判明した。

（気は抜けないな）

頬を叩いて気を引き締める。

最後まで男装を貫くためには、尋常ならざる努力を要するらしい。

これは一計を案ずる必要がありそうだ。

雪蓮は部屋に戻ると、慎重な手つきで荷物を漁る。

□

翌々日。頭場の合格発表は、県庁の前庭で行われた。

梨玉がいつまでも寝惚けていたため出遅れてしまった。すでに貼り紙の周りには大勢の童生たちが集まっており、喜びを露わにする者、悲嘆に暮れる者、答案審査の不備を訴える者などなどで大騒ぎだった。

雪蓮は梨玉に手を引かれて人いきれのする中を突っ切り、門に貼り出された結果を矯めつ眇めつ確認した。成績が優れている者から順番に名前が連ねてある。雪蓮はどうやら四番目のようだ。

「あった！　あったよ小雪！」

梨玉が喜色満面で飛び跳ねた。彼女の名前はかなり下のほうに記されていたが、ここに載っている時点で合格であることに変わりはない。

「やっぱり私って天才？　このまま状元になっちゃうかも」

「調子に乗るなよ」

「小雪はすごいね！　四番だよ四番！」

「どうせなら一等になりたかった。次は負けない」

「残念！　次に一等になるのは私だかんね！」

梨玉は合格できたことでテンションが高まっているようだ。明日には二場の試験が始まるのだが、この一時ばかりは存分に喜んでおくのがよいだろう。

雪蓮は何となしに貼り紙を眺めた。一等に列されたのは周江という男のようだ。次は後塵を拝することがないように努力したい。

「おい。あれ」

その時、にわかに童生たちがざわついた。

ざわつきは波紋のように広がり、やがて大きな波濤となって県庁の前庭を包み込む。童生の一人が頭上を指差して叫んだ。雪蓮と梨玉も何となしに見上げる。県庁の入口の巨大な門、その上部に、縄で括りつけられた何かがぶら下がっている。

梨玉が息を呑んだ。

それは人間大の——否、まさに人間に他ならなかった。

「人だ！　人が死んでいるぞ！」

縄で首を絞められ、怪物のように剝かれた目で童生たちを不気味に見下ろしている。風に吹かれてぷらぷらと脚を揺らす様は、何かの悪夢としか思えなかった。縄は門のへりに引っかけられているらしく、合格発表の貼り紙のちょうど真上に位置していた。

事態を悟った群衆から悲鳴がほとばしった。

県庁の軍夫たちが何事かと駆け寄ってくる。

青褪めて立ち尽くしていた梨玉が、ぽつりと呟きを発した。

「あの人、一等の周江さんだよ」

「何だって？」

「初日に絡んできた人。小雪が追い払った男の人……」

雪蓮は死体を仰ぎ見る。

死相が凄まじいので気づけなかったが、確かに見覚えのある顔だった。

蕭々と風が吹く。

それは死のにおいを孕んだ不穏な風。

喧噪の中、雪蓮と梨玉はいつまでも棒のように突っ立っていた。

□

自殺ではなく他殺ということになった。直接の死因は窒息ではなく、頭部を刃物で突き刺されたことによる失血らしい。といってもこれは童生たちの間で囁かれる噂にすぎず、実際のところは県庁が目下調査中である。

とにかく、県試で死人が出るなど前代未聞の大惨事だった。

童生たちは怯え、自分の身も危ういのではないかと不安がっていた。

周江を殺した犯人は県庁に潜んでいる可能性が高いからだ。

梨玉も雪蓮の部屋を訪ね、思い詰めたような顔をしていた。

殺人事件が起これば誰でも怖いものだ。

「県試、やっぱり中止になっちゃうのかなあ」

「だろうな。こんなことが起こったら試験どころじゃない」

梨玉はそっと雪蓮に身を寄せてきた。

どぎまぎしたが、今晩ばかりは撥ね退けるのは無粋に思えた。

いずれにせよ、県試の全責任は知県にある。上に報告が行けば、あの楊士同という男も処罰を受けることになるはずだ。県試が中止になるのは多くの童生にとって不本意だろうが、人の命が奪われたのだから仕方があるまい。

雪蓮は梨玉の頭をそっと撫でながら溜息を吐くのだった。

□

しかし、知県の対応は想定の数段上をいった。

「殺人など起こらなかった」

翌日、なんと二場は平常通り行われることになったのである。

しかも試験が始まらんとする時、知県は居丈高にそんなことを言ってのけた。さすがに童生たちも唖然とするほかない。頭場で一等となった周江が無残に殺されたことは、この県庁にいる全員が承知していることなのだ。

「とはいえ、未来ある童生が亡くなったのは確かだ。他言すれば無用な混乱を招くであろうから、諸君は決してこのことを外部に漏らさぬように。あと、諸君の恐懼を和らげるために細やかながらお土産も用意した。ありがたく受け取るがよい」

金品を渡すから黙っていろ、と童生を脅している。

上に報告するつもりがないどころか、積極的に揉み消す腹積もりらしかった。

一度工部郎中として失態を演じているから、左遷先の仕事にも粗があれば、紅玲での出世は見込めなくなる――そういう危惧があるのだ。

「殺人事件は起こらなかったが、しかし、このまま放置しておけば第二の被害が出るやもしれぬ。ゆえに以後の試験においては、不合格者であっても県庁から出ることを禁ずる。そして諸君にお願いしたいことがあるのだが……」

知県は童生たちを睨めつけながら言った。

「何か不審なことがあれば、臆することなく報告してほしい。もしそれで不埒者を捕まえることができたならば、諸君の望むように便宜を図ろうではないか」

試験会場は動揺の渦に突き落とされた。

紛れもない汚職の片鱗を見せつけられたからである。

「では二日目を始める。並行して犯人捜しも励行してくれたまえ」

知県は真面目腐ってそう言った。

隣の梨玉は、呆然と彼の面を見つめている。

□

「小雪ーっ！　今日もお邪魔するねっ」

「わあ⁉　くっついてくるな！」

日が暮れて後、梨玉がいつものように部屋を訪れた。戸を開くと同時に猫のように身体を擦りつけてくるものだから、雪蓮はぎょっとして飛び上がってしまった。引っぺがされた梨玉は、悪びれた様子もなく「えへへ」と笑った。

「今日の試験、どうだった？　合格してそう？」

「僕は問題ないが……」

「私も問題ないよ！　今日は詩に関する設問がメインだったの」

そういえば、今日は詩作は得意なの」

科挙は四書五経さえ暗記すれば受かるものではない。

四書五経四十三万文字を頭に入れたうえ、古人が経書につけた注を頭に入れ、注の注たる疏も頭に入れ、古今の政治課題や学説を隅から隅まで咀嚼する必要がある。

問題は基本的に記述形式。内容に加えて文章の良し悪しも見られるから、一字とて忽せにはできない。一方で今日のごとく詩の作成を要求してくる場合もある。科挙官僚は文化の担い手という側面もあるため、経書に絡めた天衣無縫の唐詩を作れなければならないのだ。

「……まあ、今は試験よりも殺人事件のほうが盛り上がってるよな」

「うん……不純だよね。犯人見つけたら合格だなんて」

「あの知県はあらゆる意味で汚い」

県庁に閉じ込められた童生たちは、躍起になって探偵ごっこに興じている。知県の覚えがよくなれば、県試を問答無用で通過できるのだから無理もない。

「ねえ小雪。周江さんは、どうして殺されちゃったのかな……」

「あの性格だ、恨みを買っていたのかもな」

雪蓮は二場が終わってから色々と調査をした。

周江と同郷の童生が言うには、周家は代々官吏を輩出してきた家系らしく、その嫡子たる周江は家の権勢を頼りに好き放題やっていたようだ。無銭飲食や婦女暴行は日常茶飯事で、あの男に陥れられた無辜の人は両手の指では数えきれない、らしい。

「でもさ、どうやったんだろうね？　死体をあんな高いところから吊り下げるなんて」

「吊り下げること自体は難しくない。門の上には誰でも登ることができるそうだ。周江を誘き出して殺し、首に縄を括りつけて落としたんだろう」

「じゃあ何でそんなことしたの？」

「そうだな。それが問題だ」

梨玉は不安そうに雪蓮を見つめてくる。

瞳がきれいだったので、自然と目を逸らしてしまった。

「……普通は犯行が露見しないように死体を隠すはずだ。わざわざ人の集まる門に吊るしたということは、周江が死んだことを大勢に知らせたかったのかもしれない」

「あんなの普通じゃないもんね……」

「普通じゃないやつの思考を推測しても仕方がないよ。犯人捜しは他のやつらに任せておけばいい。僕たちは正攻法で県試を突破するべきだ。そのための勉強はあんたも頑張ってきたんだろ？」

「うん。事件のことは考えないようにするよ」

梨玉は打って変わった笑みを浮かべた。

「小雪、今夜は安全のために一緒の寝台で寝ない？」

「触るなって言ってるだろうが」

「あれ？　お顔が赤いよ？」

「赤くない」

赤かった。

過度に接触されれば正体を看破される危険性があるから胸が落ち着かないのだ——という理屈ももちろんあるが、梨玉のような美しい娘と触れ合うのが初めてだったため、どうにも居心地が悪かった。平たく言えば耐性が欠如している。

「ははあん、女の子に慣れてないんだ」

ここは初心な男子を装っておくのがよろしい。正確には初心な男装女子なのだが。

「……だから何だって言うんだよ。悪いか」

「可愛いなー、と思って」

「追い出すぞ」

梨玉は、ごめんごめん、と子供のように笑った。

雪蓮は再び溜息を吐いて蝋燭の火を消した。

夜は深まり、県庁は漆黒の闇に包まれる。

梨玉の振る舞いには呆れるばかりだが、その比類なき明るさ・純粋さは、昨今の官吏たちが忘れてしまったものに違いない。もし梨玉が科挙登第を果たしたならば、天下はよい方向に導かれていくのだろうか……。

ぼんやりと考えつつ、雪蓮はゆっくりと瞼を閉じた。

□

その二日後、二場の結果が同じように発表された。

雪蓮も梨玉も労なくして突破し、さらに翌日の三場に備えることになる。

本来ならば不合格者は追い出されることになるが、前述の通り、知県のお達しによってすべての童生が県庁に閉じ込められることになっている。特に頭場、二場で落第した童生たちは敗者復活を望み、周江を殺した者の捜索に熱を上げていた。県庁の門は閉ざされているため、殺人鬼は今もどこかで息を潜めているに違いないのだ。

互いが互いを探り合う、疑心暗鬼の県試がスタートした。

だが、この時点では誰もが思いもしなかった。

事件はまだ始まったばかりだということを。

□

「きみ、雷雪蓮殿といったか？　ちょっと話してくれないか」

県試の期間中は手持ち無沙汰の時間が多い。

二場の結果発表があった後、柳の下で経書を読み込んでいると、にわかに見知らぬ男が話しかけてきた。警戒しながら視線を上げれば、ふわりとした微笑を浮かべる美丈夫がこちらを見下ろしている。

「……何だ？　僕に何か用か」

「用というほどのことじゃない。ただ、きみのことが気になってね」

男はそう言って雪蓮の隣に腰を下ろした。

距離が近い。だがこれは相手が雪蓮のことを男性だと疑っていない証だ。雪蓮は何食わぬふうで経書に視線を落としつつ、警戒を募らせて言葉を紡ぐ。

「あんた、勉強しなくていいのか。明日には三場（さんじょう）が始まるんだぞ」

「きみは奇特だね。県試はぐちゃぐちゃの有様だっていうのに、呑気（のんき）に読書なんてできるはずがない。――おっと失礼、きみのことを呑気と言ったわけじゃないよ」

　雪蓮は相手の様子をうかがった。

　漆黒の長髪が風に靡（なび）いている。目鼻立ちはいかにも利発そうで、美形の部類に入るだろう。立ち居振る舞いからして名家のご令息といった風格だが、それにそぐわぬ悪戯（いたずら）っ子（こ）の気質も感じるから不思議だった。

「あんた、誰なんだ」

「私は李青龍（りせいりゅう）。きみと同じで此度（こたび）の県試を受けている者さ」

　李青龍。たしか頭場（とうじょう）で三等、二場で四等に名を連ねていた男の名前だ。

「……では李先生、僕にいったい何の用だい」

「青龍と呼んでくれよ。見たところ年も同じくらいじゃないか」

　李青龍は、まさか目の前の童生（どうせい）が女だとは思ってもみないのか、雪蓮の背中をぽんぽんと叩（たた）いてきた。

「これ、食べるかい」

　懐（ふところ）から取り出したのは、赤々と熟（う）れたすももだった。

「どこからそんなものを」

「厨房（ちゅうぼう）から失敬してきたのさ。我々童生に供する食事は粗末を極めるのに、役人どもは日

孟子注

夜豪勢な食卓に与っているらしい。特に知県はいただけないね、給仕の者の立ち話を盗み聞きしてきたが、古の暴君を彷彿とさせる暴飲暴食っぷりだそうだ」

「勝手に食べてろ。盗人からものはいただかない」

「そうかい、それは高潔だね」

李青龍はうまそうにすももにかぶりついた。

雪蓮は溜息を吐く。

「世間話なら他のやつとしてくれ。生憎と僕は忙しいんだよ」

「きみ、いや雪蓮殿、殺人事件が起きたというのに肝が据わっているね。童生たちは犯人捜しに躍起になっているが、きみは動こうとは思わないのか」

「僕にできることは何もない。あれは聖賢の学から外れた行為だよ」

李青龍が噴き出した。

「これは大人物だ。そういうところが好感を持てるね」

「からかっているのか?」

「いやなに、怒らないでくれたまえ。私もまったく同じ考えなのさ。殺人事件が起きたのはいい。いやよくはないが、そういうことは往々にしてある。だが、その後の知県の対応はまずい。仮にも官吏として天子に仕える身であの有様では、紅玲国がいかに腐り果てているかがよく分かる」

「国の問題にまで広げるとは性急だな。いい官吏もいるかもしれないじゃないか」

「いたなら紅玲はもっとよくなっていたはずだ」

その点は頷かざるを得ない。

李青龍は柳の葉を掌中でもてあそびながら言った。

「そうなると、期待すべきは次代を担う若者たちだが、この県試に参加している童生はほとんど駄目だな。自分の利益ばかりに目が眩み、本質を見失ってしまっている」

「あんたはどの目線で語っているんだ……」

「天下国家を論ずるのは、官吏を目指す者として当然の責務じゃないか。そして雪蓮殿、きみは違うんだ。目先の試験に翻弄されている童生たちの中にあって、きみだけが一線を画した目をしている」

「他の童生だって前途の明るい者はいるだろう」

「聖人学んで至る可しとは言うが、私はそうは思わない。我が身可愛さに犯人捜しをしているような連中は、何をやっても大成はしないだろうね。雪蓮殿だってそう思うんじゃないかい」

雪蓮は答えない。

「だが、きみは別だ。さながら燕雀に混じった鴻鵠だよ」

「……それはどうも。だが僕はそんなに大それた人物ではない」

これ以上話しても仕方がないと雪蓮は断じた。書を閉じて立ち上がると、自分の部屋に向かってすたすたと歩き出す。

「どこに行くんだい？　もっときみと話してみたいのだが」

「志の高い者を求めているのなら、耿梨玉と会ってみたらどうだ。あいつはたぶん、あんたと似たような考えだと思うよ」

「耿梨玉殿か！　確かにあれも変わった目をしているな。いやしかし、女装して試験を受けるとはどういう考えなんだ？　怖くてちょっと聞きづらいところがあるね」

梨玉の正体には気づいていないらしい。

女装男子と思われているのも不思議な感じがするが。

「そういう趣味なんだろ」

「待て、やはり私は雪蓮殿と語りたい」

「遠慮しておく。ついてくるな」

「いいじゃないか！　時間はたっぷりあるんだし」

李青龍が笑って肩を組んできた。

雪蓮はさりげないふうを装ってするりと逃れる。

「……あんた、暇なんだな」

「暇なんだよ。童生を何日も県庁に閉じ込めておくなんて馬鹿馬鹿しい。こんなことなら袖珍本の一つや二つは持ってくればよかったな……」

それでも雪蓮が拒否し続けると、李青龍はしぶしぶといった様子で引き下がった。だが去り際、彼はいやに真剣な顔で忠告してきた。

「雪蓮殿、気をつけたまえよ」

「何だ、藪から棒に」

「殺人鬼はまだ潜んでいる可能性が高い。もし雪蓮殿が殺されてしまったら、私は貴重な同志を失うことになる。そうなるのは悲しい」

□

その晩のことだった。

珍しいことに梨玉が来なかったため、雪蓮は蝋燭の火を頼りにぼうっと注釈書を読み込んでいた。すると、にわかに宿舎の外が騒がしくなったのである。ただならぬ気配を覚えた雪蓮は、書物を放って中庭へ飛び出した。

童生たちが血相を変えて行き交っているのが見える。

「おや、雪蓮殿じゃないか。来るのが遅かったね」

人だかりの中から李青龍が現れた。

雪蓮は胸を悪くしながら問うた。

「何があったんだ？」

「殺人だよ。二場で首席だった朱子高っていう男だ」

「はあ？　そんな馬鹿な……」

「嘘ではない。私もこの目で見てきたからね。気になるなら行くといい」

雪蓮は李青龍に促され、人込みのほうへと駆け寄った。

中庭の端っこの厠の近く、井戸のすぐ隣である。

童生たちに囲まれていたのは、ぽっかりと口を開けて仰臥している男だった。眠っているのではない。首筋からは赤い血がどくどくとあふれているし、その瞳からは生き物らしい生気が少しも感じられなかった。

「ほんの少しの間だったんだ！　こいつ、ちょっと厠へ行ってくるって……気づいた時には殺されていた！」

朱子高と同室らしい青年が顔を青くして喚いていた。

雪蓮は唖然として死体を見つめる。

周江の時と似たような刺し傷だ。本人のまったく意識せざるところで命を刈り取られた形跡である。

童生たちは恐れおののき、周江を殺した者がやったのだ、と騒ぎ立てていた。

「また一等の人だね……」

ぼそりと誰かが呟いた。

振り返ると、梨玉が柳眉をひそめて死体を見つめている。

「どこ行ってたんだ」

「散歩だよ。気分転換しようと思って……」

梨玉は雪蓮の服の袖をつまんだ。その指先が震えているのが分かった。雪蓮は咳払いをしてから死体に視線を戻す。

「……しかし、一等の者がまた殺されるとは。周江に対する怨恨かと思っていたが、科挙そのものに対する不満があるのかもな」

「周江さんを殺した人と同じなのかな……？」

「おそらくは。殺人鬼が何人もいるとは思いたくない」

科挙のせいで人生を棒に振った人間は大勢いる。

巷間に流布する白話小説などには、何十年も科挙登第を果たせなかった老人が、肚の内で太らせていた不平不満を爆発させ、勉学に打ち込む将来有望な若者を手当たり次第に殺害していくという激烈なものもあるのだ。しかもこれは完全なるフィクションに非ず、興化年間に起きた現実の事件を題材としている。

それと同じようなことが起こっているのかもしれない。

かくも由々しき事態が起これば、さすがに知県も重い腰を上げるだろう。

「どうしよう？　私たちは何をすればいい？」

「戻ろう。僕たちにできることはない」

「うん、そうだね……」

雪蓮は梨玉の手を引いて部屋に戻る。

□

しかし、己の地位に対する知県の執念はすごかった。
楊士同のもとに事件の報告が入ったのは、彼が夕餉の豚肉を平らげ、寝室へ向かってのろのろ歩き出したその瞬間だった。二人目の死人が出たと聞くや、またたく間に赤面して赫怒した。

「うすのろが！　さっさと犯人を捕らえないからそうなるのだ！」

「ひいっ」

報告に上がった部下が尻餅をついた。知県の太い腕で突き飛ばされたのである。

「捜査はどうなっている？」

「下手人の行方は杳として知れず」

「ぷあああ！」

知県は獣のように吼えた。
昔からこの男は思い通りにならぬことがあると咆哮を放つのである。
経書の文句が歯抜けになった脳味噌の内側で自問自答されているのは、いかにして事態を隠蔽するかという一点に尽きる。すでに中央で失態を演じ、こんな僻地に左遷させられる憂き目に遭った。そのうえ厳粛なる県試の場で連続殺人事件が発生したとなれば、罷免どころか流刑に処される恐れもある。知府（知県よりもえらい人）に知られるわけにはいかないのだ。

「とにかく現場を検めろ。童生どもの取り調べも行え」

「はい」

「それと、この件は絶対に外部に漏らすんじゃない」

「しかし……」

「口答えするな！　その口を削ぐぞ！」

部下は平謝りしながら辞去した。

知県は勢いよく拳を卓子に叩きつける。

童生にも調査を命じたものの、はたしてどれだけ使い物になるのやら。互いを監視させることで次なる犯罪を未然に防ぐという効果も期待できるはずだったが、結局第二の犠牲者が出てしまったので意味がない。

「私の経歴を曇らせおって……」

誰が誰を殺そうと露ほどの興味もないが、やるなら自分の知らないところでやってほしいと知県は思っている。

県試を不自然に中止することはできない。上から与えられたスケジュールは絶対だからだ。では結果発表の際に順位を布告しなければよいのではないか。

(ひとまずそれがよさそうだが……)

楊士同は踏み切れない。そういう前例がないからだ。

紅玲国の官吏は伝統や決まりごとを重視するあまり柔軟性に欠くが、旧套を墨守することにつき、楊士同の右に出る者はいなかった。そもそも一等の者が狙われていると決まったわけではないのだ。あと少しくらい様子を見ても問題ない。

その時、にわかに叩扉する音が聞こえた。苛立ちまじりに「入れ」と叫ぶと、恐る恐るといった忍び足でさっきとは別の部下が入室する。

「ご報告が」

「どうした」

「目撃情報です。襦裙の怪しい女が夜間に出歩いていたと……」

「何だと？」

知県はぎょろりと目玉を動かす。長年の放蕩生活で錆びついていた記憶力が躍動した。

そういえば、童生の中に奇妙な風体をした者がいたような。

□

県試は続行されることになった。

知県はどこまでも事件を隠し通す算段らしい。これから官吏にならんとする童生にとっては恰好の反面教師と言えるが、半ば恐慌状態に陥った彼らには知県を糾弾するという観念が端から存在しない。

試験で一等になれば、正体不明の殺人鬼に殺される。

その厳然とした事実が童生たちの精神を蝕んでいたのである。

雪蓮には知る由もないことだが、三場では、答案審査にあたった官吏が思わず首を捻ってしまう珍妙な解答が続出した。童生たちは下手に優秀な答案を提出してしまうことを恐れていたのだ。もはや試験は試験の体裁を成していなかった。

そして、三場の結果が発表された日の夕刻。

一等になった劉謙という男が殺されているのが発見された。

劉謙も馬鹿ではないから、自分が一等だと分かるとその日は宿舎に閉じこもり、同室の童生たちに周囲を警戒してもらっていたという。さらには県庁側も劉謙に対して特別の見張りを立てることになったそうだ。

しかし、厠の個室で一人になったところを狙われて息絶えた。

驚くべきことに、厠のある掘っ立て小屋の背面には、外部へと通じる不正な勝手口が急造されていたのである。殺人鬼は最初からこのタイミングを虎視眈々と狙っていたのだ。正面の入口で見張っていた童生たちは案山子ほどの役にも立たなかった。

県庁の混乱は極致に達した。童生たちのアリバイ確認も行われたが、犯行に及ぶことができる者は一人もいなかった。

誰もが姿の見えぬ殺人鬼に恐れをなし、「幽霊の仕業だ」「いや鬼神の仕業だ」などと、孔子が聞けば呆れるようなことをほざき始める。

ところが、以下のような主張をする者が現れた。

「女がいたんだよ！　俺は見たんだ！」

童生たちで今後の対応を話し合っていた時である。

劉謙と同室の者が喚き立てていた。

「昼間、窓からチラッと見えたんだが、やつは木陰から俺たちの部屋を覗き見してやがった。顔は分からないが、派手な服を着た女だよ……劉謙を狙ってたに違いない」

「給仕係じゃないのか」

「あんな恰好をした給仕係がいるか！」

雪蓮は嫌な予感を覚えた。

この話の行きつく先は決して気持ちのいいものではない。

童生たちの目は紅一点へと吸い寄せられた。

「お前……確か耿梨玉とか言ったよな」

「そ、そうだけど」

梨玉の肩が強張る。童生たちは険しい表情で彼女を見つめている。

「本当に男なのか？　顔かたちも男にしては綺麗すぎるよな」

「私は男だよ！　ここにいる時点で分かるでしょ」

「そりゃそうだ。しかし、そんな服を着ていれば疑われても文句は言えないよな。たとえお前が男だったとしても、こいつが窓から見た女ってのがお前だった可能性は否定できない。その形では李下に冠を正しているようなもんだ」

「でも……」

「埒が明かんな。誰かこいつと同室の者はいないのか？」

これには反応せざるを得なかった。無視しても調べればすぐに分かるのだから、堂々と振る舞うよりない。

「……そいつと一緒の部屋なのは僕だけだ。でもちゃんと不在の証明があるぞ」

「どういうことだ？」

「僕がずっと見ていた。耿梨玉に殺人を犯している暇なんてなかったよ」

「そ、そうだよ！　ちなみに小雪もずっと私と一緒にいたかんね！」

「私も耿梨玉殿は潔白だと思うな」

そう言って挙手したのは李青龍だ。相変わらず飄々とした態度で一同を見渡している。

「梨玉殿は瞳が澄んでいる。これが殺人を犯す者の目に見えるかね？　服装が人並みではないからといって、疑うのはよくないぞ」

「あ、えっと、あなたは？」

「私は李青龍。雪蓮殿と仲良くさせてもらっている者だよ」

「おい。ちょっと話しただけだろ」

「えー!?　ずるいずるい！　私も小雪とたくさんお話ししたい！」

雪蓮は呆れた。状況を理解してほしい。

痺れを切らした童生が、剣呑な調子で割って入った。

「何を騒いでやがるんだ。耿梨玉と雷雪蓮、お前らは互いに『この人は白です』と言い合ってるだけだろ？　他の連中みたいに複数の証言があるわけじゃない。それをどうやって信じろっていうんだ。あと李青龍はトンチキすぎて話にならん」

「その通りだ！」

「この二人が怪しい！」

「おいおい待てったら。雪蓮殿や梨玉殿がそんなくだらないことをするわけがないだろ」

「黙ってろ！　というか李青龍、お前も共犯なんじゃないのか！」

童生たちはヒステリーを起こしたように騒いでいる。この特殊すぎる状況下では冷静さを欠くのも無理はないが、雪蓮にとっては甚だ都合の悪い展開だった。このまま知県に報告でもされれば、大した証拠もなしに処罰される危険性が否めない。

だが、その時。

雪蓮は不思議な光を見た気がした。

「だったら！　私が事件を解決するよ！」

梨玉は筆舌に尽くしがたい陽の気を放っていた。

童生たちがぎょっとして彼女を見つめる。

「四場で首席になる。そうすれば、犯人が私を殺すために襲いかかってくる。誘き寄せて捕まえればいいんだよ」

「おい、それはいくら何でも……」

「ねえ小雪。私が一等になるのは難しいかな……？」

「そういうことじゃない。身を削りすぎだと言いたいんだ」

「じゃあ小雪が守ってよ」

李青龍が口笛を吹いた。

そんなことを真剣に頼まれたら口籠もるしかなかった。

無言を肯定と捉えたのか、梨玉は他の童生たちを振り返って言った。

「悪いことをする人が許せないの。私は先の洪水で家族と故郷を失った。ここにいる人たちは知っていると思うけれど、あれは天災じゃなくて人災だった。自分の都合で他の人の命を奪うなんて、絶対にやっちゃいけないことなんだよ」

「それは分かる。だが無茶だ。僕に守れるかどうかも分からないし……」

「頭場の第一問にもあったでしょ？ 義を見て爲さざるは勇無きなり。私はできることなら何でもしたいんだ」

梨玉の無垢な正義感は、童生たちの心を大なり小なり動かしたらしい。彼らの中にも洪水の被害を受けた者はいるのだ。賛同する声がぽつぽつと上がり、やがて一同は「そういうことなら」と梨玉に協力する方向で緩く連帯することになった。

その流れを見守りながら、李青龍が小さく拍手をしている。

「素晴らしいな。雪蓮殿が見込んだだけのことはある」

「だからお前はどの目線なんだよ」

「まあいいじゃないか。私も陰ながら二人のことを応援しているよ」

この男の腹の内が読めなかった。

いずれにせよ、まずは梨玉を四場で一等とすることが急務だ。こんな方法で首席を作り上げたとして犯人の食指が動くかどうかは不透明だが、一石を投じるという意味でも実行する価値はあった。

かくして事件解決に向けた作戦が始まったのである。

（耿梨玉。この少女は……）

雪蓮は密かに彼女の横顔を盗み見た。

気づかれ、花が咲いたような笑みが返ってくる。

耿梨玉は鳳雛やもしれぬ――そんな予感が雪蓮の内に芽生えた。

□

とはいえ、やはり梨玉のことを疑う者も一定数はいるようだ。場がお開きとなり、各々が宿舎に戻らんとする時、にわかに雪蓮を呼び止める声があった。

「なあ。耿梨玉のことなんだが」

猿のような顔の童生である。試験会場で何度かすれ違った覚えがあった。

「俺ぁ洪水の話を聞いてからピンと来るものがあったんだが、けだし耿梨玉は復讐のために動いているのかもしれんね」

その梨玉が遠くで手を振っていた。

何してるの小雪ー、はやく行こうよー、という無邪気な声がこだまする。雪蓮はそれを無視して猿に視線をやった。

「復讐って何のことだ？」

「いや、知県の楊士同という男は中央で働いていた役人だったわけだが、十年ほど前、この辺りの水利事業の担当者だったことを思い出してな。官職は工部郎中で、工人をまとめて大州河の工事をしていたんだ」

「それが？」

「吝嗇って工費を懐にしまい込んだらしい。そのおかげで堤防が決壊、辺りの村々は水浸しになっちまったって寸法だ。耿梨玉の郷里もその犠牲になったんじゃないか」

この男の言う通りだった。

梨玉の故郷も甚大な被害を受けたという。

「で、今は県試が大騒ぎだ。庁舎で殺人事件が起きたとなれば責任問題。三人も死んだわけだし、あろうことか知県さまは生来の意地汚さを発揮してひた隠しだ。このことが詳らかになれば、よくて流刑、悪けりゃ極刑かもな」

「何が言いたい」

「だから復讐だよ。耿梨玉が知県を追い詰めるために人を殺したんじゃないかって」

「なるほど。言われてみればその可能性もあるな」

雪蓮は踵(きびす)を返して歩き始めた。

すでに県庁は薄暗く、夜の帳(とばり)が下りている。

梨玉は心配そうな顔をしながら待ってくれていた。

「何話してたの？　浮気？」

「何だよ浮気って」

「小雪を独り占めしていいのは私だけだからー」

「おい、くっつくなって言ってるだろ！　他の連中が変な目で見ている」

「いいじゃん別にぃ」

近頃は何故(なぜ)かスキンシップが増加しているので臓腑(ぞうふ)に悪い。

さておき——〝義を見て爲(な)さざるは勇無きなり〟である。

はたして彼女は正義を体現することができるのだろうか。

□

「首席、耿梨玉……」

四場(よんじょう)の試験も強行され、その結果が発表されるや否や、童生(どうせい)の誰かが呻(うめ)きにも似た声を漏らした。

梨玉は終始緊張した面持ちだった。一等になった喜びを噛みしめる道理はなく、これから対峙することになる危難に対して不安を募らせているようだ。県庁側はすぐさま梨玉に護衛をつけた。知県にとっての焦眉の急は、何が何でもこれ以上の犠牲を出さぬこと、犯人を水面下で処理して不祥事を隠すことの二つだった。

その日、梨玉はずーっと雪蓮のそばにいた。

もちろん二人きりではない。雪蓮の部屋の周囲には県庁の係員が待機しているし、童生たちも遠巻きに注意をしている気配があった。

「すごいことになっちゃったねえ」

梨玉は呑気なふうを装っていた。

「そんなに科挙が嫌なのかな？　人を殺しちゃうなんて信じられないよ」

「科挙には不思議な魔力があるからな。宮女や宦官にでもならない限り、市井の民が栄達するには進士になるしかないんだ。そういう社会構造が気に食わない連中がいたっておかしくはない」

「でも私は正攻法が一番だと思うな」

梨玉は雪蓮の黒髪を手でもてあそんでいた。

そういう過度な接触は控えてほしいと切に願う。

「誰かを犠牲にして何かを得ても虚しいだけだから。死んだお父さんがよく言ってたの、誰にでも胸を張れるような生き方をしなさいって」

やはり梨玉の考えはちょっと理想に偏っている。

雪蓮は思わず口を挟んでいた。

「理想だけでは立ち行かぬこともあるんじゃないか。力で戦うことが最良の手段になることだってある」

「そうかもね。でも私はこの国を糺すために戦いたい。仁とか徳によって世界を変えていきたいんだ」

「最近では珍しいくらい清廉だな」

「そうかな？」

「そうやって自分の信念を曲げずに頑張れる人はすごい」

「う……」

明け透けな賞賛には無防備のようで、途端に赤面して俯いてしまった。日頃の意趣返しが成功したのを喜ぶべきなのに、梨玉のその仕草が意外なほど愛らしかったので正視に堪えなかった。雪蓮も雪蓮で視線を中空に彷徨わせる羽目になる。

「まあ、あれだ。あんたは頑張ってるな」

「ずっと不安だったんだ」

梨玉は照れくさそうに笑って言った。

「一人でここまで来て。本当にやっていけるのか怖くて。でも小雪にそう言ってもらえたら、勇気が湧いてくるね」

「……何で僕にそこまで入れ込むんだ？」

雪蓮はちょっと躊躇ってから聞いた。

梨玉は首を傾げている。

「最初に助けてくれたでしょ？」

「それにしては度が過ぎている」

「それだけじゃないよ。だって小雪は……」

ここで「惚れたから」とでも言われたら返答に窮する。雪蓮は戦々恐々としながら梨玉の言葉を待っていたが、それを遮るように乱暴なノックの音が室内に響いた。

誰何するよりも早く扉が開いた。

ずかずかと部屋に足を踏み入れたのは、官服に身を包んだ男である。

梨玉の護衛として外を見張っていた者に違いない。

「あの、お役人さま、どうかしましたか？」

梨玉が立ち上がりかけた瞬間のことだった。

雪蓮は男の右手が奇妙に動いたのを見咎めた。あっという間の出来事だった。腰に佩いた剣の柄に指をかけ、一気にそれを振り抜いて見せたのである。

梨玉は木石のように硬直していた。

今まさに、明らかな死が降りかからんとしている。

雪蓮にとって梨玉は赤の他人。見捨てるのが利であることは分かっていた。

だが——〝義を見て爲さざるは勇無きなり〟。

梨玉の朗らかな笑みが脳裏を過ぎった時、雪蓮は先のことなどかなぐり捨てて跳び上がっていた。

「危ない！」

「えっ」

梨玉の腕を引いて背後に押しやった。

左腕に鋭い激痛が走る。

男の描いた剣筋が、肉を裂いたのだ。

壁や床に血が飛び、梨玉の悲鳴が反響した。それでも雪蓮は怯まなかった。久方ぶりに味わった斬撃の痛みを嚙み殺し、蛇が喰らいつくような勢いで男の顎を蹴り上げる。

その時、雪蓮はついに気づいた。

苦悶に歪む男の顔、それは頭場で騒いだ老童生のものに他ならない。

「邪魔をするなあ！」

老人が邪悪な叫びとともに突貫する。

雪蓮はその腕をつかむと、背負い投げで壁に叩きつけてしまった。

どん、という骨が砕けるほどの音がする。

それきり、老人は亀のようにひっくり返ったまま動かない。

もごもご動く口唇から漏れるのは、呪詛にも似た呟きだけだった。

「儂は紅玲のために……天下を安んずるために努めてきた。こんなところでくたばるわけにはいかんのだ。明徳を明らかにするまでは……」

大方の想像通りだったようだ。

この男は、科挙制度の峻嶮さに打ちのめされた哀れな老人であり、齢六十の坂を越えても耳順うことなく、前途ある童生を殺して回るという凶行に及んだ。

「大丈夫か！　おい、あやつが下手人だ！　捕らえろ！」

大勢の男たちが部屋に踏み込んできた。

怒りすら覚えるほど鈍間な、それは正規の役人たちである。

老人が連行されていくのを尻目に、雪蓮はその場にゆっくりとしゃがみ込んだ。傷は命に関わるほどではないが、じくじくとした痛みが途方もなく不快だった。

「小雪！　大丈夫⁉」

梨玉が雪蓮の肩をつかんだ。その瞳には涙すら浮かんでいる。

「はやく手当しないと！　じっとしてて！」

「大丈夫だ。放っておけば治る」

「治るわけないでしょ！」

梨玉は衣服を引き千切って止血を始めた。

姉の大事な形見だというのに。

「どうして守ってくれたの。そんな怪我までして……」

「怪我をするつもりはなかった。あいつが思ったより速かったから」

「だから、どうして守ってくれたの！」

雪蓮は少し考えてから答えた。

「……あんたが僕にないものを持っているからだよ」

「え？」

「いや間違えた。身体が勝手に動いていたんだ」

「もうっ……！」

梨玉は怒ったような顔で抱き着いてくる。

耳元でそっと囁かれた。

「でも小雪は命の恩人だね。ありがとう」

本当に身体が勝手に動いたのだ。

試験に合格することだけを考えていたのに。他の受験生など蹴落とすべきライバルでしかないと信じていたのに。あの時、あの瞬間だけは、梨玉の命が喪われることに強い忌避を覚えた。

周囲では役人や童生たちが大声をあげて行き交っている。

県庁を騒がせた殺人事件は幕引きとなるだろう。

雪蓮は梨玉の温もりを感じながら目を閉じた。

これで計画は最終段階に進む。

□

耿梨玉の原風景は、水浸しになった郷里の惨状だ。

龍に呑まれるがごとく多くの人が消えた。耿家の人間もその憂き目に遭い、運よく難を逃れることができたのは、母と弟、梨玉の三人だけだった。働き盛りを失った耿家は窮乏し、木の根を食うような生活が続くことになった。

天は何の罪もない梨玉の家族を殺した。

ぶつけどころのない口惜しさが胸の内に広がっていった。

だが、物心がついた時に梨玉は知ることになる。あの水害は天の御業ではなく、朝廷の楊士同という役人が手抜き工事をしたことが原因だったのだ。

それから梨玉の肚は決まってしまった。

母のこと、家のことは弟に任せ、ひたすら勉強に打ち込むことにした。

負けたくなかった。世界を変えてやりたかった。自分のように困苦に喘ぐ人たちを救いたかった。俗悪な官吏たちに平手打ちを浴びせるのが自分の使命だと思った。進士になれば、日月すらも動かせると信じていた。

梨玉の身体の内に燃えているもの。

それは家族への愛情と、天下に対する揺るぎない復讐心である。

□

老童生が捕縛されて後、梨玉はつきっきりで雪蓮の世話をした。

「大した怪我じゃないからあっちに行ってろ」

「命の恩人を放り出せないよ！　着替えさせたげるね」

「いいよ！　変なとこ触るな！」

梨玉は雪蓮が押しに弱いことを承知しており、猪突猛進といった勢いで四六時中へばりついてきた。人見知りの雪蓮としては胃に穴が空くような思いだが、それはそれとして、この天衣無縫な少女に構われるのが満更でもない気がしてきたから始末に負えない。過度に接触されれば性別を見破られる可能性があるため、何としてでも引き剝がさなければならないのだが。

「――おや？　これはお邪魔をしてしまったか」

「げっ」

声が聞こえたかと思ったら、いつの間にか、開け放たれた戸のところに李青龍が立っていた。何を考えているのか分からない視線が、組んず解れつしている雪蓮と梨玉に向けられる。

「二人は仲が良いんだな。羨ましいくらいだよ」

「そうだよ！　私と小雪はとっても仲良しなの」

「しかし男同士とは。それもまた一つの形ということか……」

盛大な勘違いをされているらしい。

雪蓮は梨玉の頭を押さえつけ、李青龍を屹と睨んだ。

「何しに来たんだよ。用がないならあっちに行け」

「見舞いさ。厨房から色々と食料を盗んで——いただいて来たから、好きなだけ食べて体力をつけるといい」

李青龍は袋に入った果物や蒸し野菜、乾豆腐を並べていった。きらきらと目を輝かせる梨玉を尻目に、雪蓮は、はあ、と深い溜息を吐く。

「こんなのいらないって。だいたい何で僕に構うんだ」

「私は感服したんだよ。義を果たすために自らを犠牲にする耿梨玉、耿梨玉を守るために立ち上がった雷雪蓮——これほどの人物が他にいると思うか？　確信したね、きみたち二人はきっと科挙に合格する。そして天下をよい方向に導いていくのだ」

「うわあ！　小雪、青龍さんって見る目があるよ！」

「僕は節穴だと思うが……」

「とにかくだ、これからの試験でも一緒になることがあるかもしれない、ともに科挙登第を目指して頑張ろうじゃないか。——ああ、安心してくれていい。私は二人の仲に割って入るつもりはない、むしろ応援しているから存分に組んず解れつしてくれ」

雪蓮は、もう一度深々と溜息を吐いた。

変な者に目をつけられてしまったようである。

その変な者は、急に目を細めてこんなことを言い出した。

「しかし雪蓮殿、きみはまだ力を隠しているんじゃないかい」

「は？　何言ってんだ」

「そういう雰囲気がするんだ。底知れない何かを感じる。きみくらいの人物ならば、これまでの試験で一等になることも難しくなかったはずだ」

「いいや、僕は全力を出した」

「そういうことにしておこう。いつかきみの全力が見たいものだね。――ではまた」

李青龍はそれだけ言って去っていった。

梨玉がぽかんとして尋ねる。

「力を隠しているって、どういうこと？」

「あいつの妄言だよ。気にするな」

雪蓮は素っ気なく言って寝台に倒れ込んだ。

今は事件の行く末を見守ることのほうが重要だった。

□

事件がどうなったかと言えば、今のところ県庁で取り調べ中らしい。

犯人が見つかったことで、それまで容疑者として県庁に幽閉されていた不合格者たちは野放しとなった。もちろん県庁側は口止め料を彼らの懐に忍ばせたという話だ。

かくして、県試は何事もなかったかのように五回目の試験、終場を迎える。

だがその直前、雪蓮と梨玉は知県から呼び出しを受けることになった。

薄々予想はしていた。雪蓮と梨玉は下手人逮捕の功労者でもあるのだから。

「耿梨玉に雷雪蓮。その働きぶりは見事だった」

知県は豚のような体躯を震わせて言った。

ちなみに、梨玉が一等になって賊を引き受けるという作戦内容は、知県の耳にも入っている。通常は試験を冒涜する違反行為だが、今の彼にとっては些事のようだった。

「おかげで県試を健全に全うすることができる。そなたらは世の童生の鑑だな。何か褒賞でも出したいところだ」

「もったいなく存じます」

「が、犯人が妙なことをほざいておってな」

空気が変わった。ねばねばした視線が絡みついてくる。

「犯人、これは黄福祥という名だそうだが、こやつが人を殺す端緒となったのは自分の意志ではないらしい。得体の知れぬ女にそうしろと依頼されたのだそうだ」

「どういうことですか？」

「そもそも黄福祥は頭場で暴れた老人その人だ。県庁の外の牢屋に捕らえてあったはずなのに、檻が破壊され、いつの間にか姿を消していた。これはその女が手引きをしたに違いない」

「知県さま、ちゃんと見張ってなかったんですか……!?」

「見張りの目を盗んで逃げたのだ」

　もちろん県庁とて脱獄者を捜索していたはずだが、殺人事件の対応に追われて手を抜いていたに違いない。完全に知県の落ち度である。もし黄福祥を怪しんで早急に捕縛しておけば、事件はそれで終息したのだから。

「とにかく、黄福祥を逃がしたその女が黒幕ということだ」

「誰ですか？　その女の人って……」

「そいつは県庁の内部でも目撃されている。そして今――私の目の前に立っている」

　梨玉は何が何だか分かっていないようだ。

　しかし雪蓮には読めてしまった。

「耿梨玉。県庁に刺客を放ったな」

　梨玉は瞠目して言葉を失った。寝耳に水だったに違いない。

　確かに派手な服の女が徘徊しているという噂はあったが、それが梨玉であるはずがないのだから。

「ま、待ってください。私はそんな」

「とぼけるな。県試を台無しにせんと企んだのは貴様であろう」

　知県はのそのそと近づいてきた。

「否、私を陥れるつもりだったに違いない！　だが残念だったな、その邪悪なる企みは未然に防がれた。まったく、嗚呼、まったく近頃の若者は性根が歪んでおるわ！」

「こいつが犯人？　それは違いますよ、知県さま」

　雪蓮は梨玉の前に立つ。

「もしそうなら、黄福祥がこいつを殺そうとしたのはおかしいです。依頼主を毒牙にかけるはずがありません。こいつを黄福祥に会わせれば、すぐに潔白だと分かりますよ」

「小雪……！」

　梨玉が救われたように声を震わせた。

　だが、知県にはその理屈は一切通用しなかった。

「あの男はすでに正気ではなかった。依頼主かどうかの区別もつかぬよ」

「正気でない者の言葉を信じたのですか」

「どうでもいい！　貴様も耿梨玉と結託した罪でひっ捕らえてやる。紅玲に背いたことを大いに悔いろ」

「そんな……小雪まで……」

　知県・楊士同は、こうやって数々の冤罪を生み出してきたに違いない。

　愚か者が権力を持つと弱者が損をするのは世の常だが、近頃は道徳を忘れた官吏の話があちこちから聞こえてきた。李青龍が言ったように、やはり紅玲国は上から下まで腐りきっている。

「捕らえろ」

「ちょっと、放してくださいっ」

　県庁の軍夫たちが強引に腕を引っ張ってくる。

　梨玉は下手に暴れたため、あっという間にその場に組み伏せられてしまった。地に這いつくばりながら、それでも一生懸命な視線で知県を見上げていた。

「知県さまはそれでいいんですか⁉　こんなことっておかしいと思います！　小雪も私も何もしてないのに！　もっと調査とかをしっかりしたほうが」

「やかましい」

　知県が杖で梨玉の頬をぶっ叩いた。

　呆然とした表情で硬直する梨玉。

「天下は健やかだ。何も問題は起きていない」

　雪蓮は、己の内側で、黒い何かが膨れ上がっていくのを実感した。

　こういう悪人が跋扈しているから人が死ぬ。

　そして天は、この悪人らを放置している。

「わ、私は、私は……」

梨玉が嗚咽まじりの声を発した。

「もういい。さっさと連れて行け」

「私は……楊士同さんに会いに来たの」

豚が驚いたように目を向けた。軍夫たちに「待て」と命じる。

「どういうことだ」

「あなたは私の故郷を壊した張本人だから。いったいどんな人なのか気になっていたの。十年前にこの辺りを襲った洪水は、あなたの手抜き工事が原因なんでしょ……」

知県の顔がみるみる紅潮していく。

火薬が弾けるように怒りを爆発させた。

「痴れ者が！　いやしくも天子から勅令を受けて赴任した知県を糾弾するのか！　やはり事件を起こして私を失脚させようとしていたのだな、何たる邪悪な小娘だ！」

「違う、そんなことしてない！　私はただ、あなたの気持ちが知りたかったんだ！」

「どうでもいい！　今すぐ貴様を牢にぶち込んでやる！」

「ど、どうでもいい……？　あなたのせいでお姉ちゃんやお父さんは死んだのに……」

「黙れっ！　金にもならぬ民草の生死など私が考える領分ではないわ！」

知県は散々に梨玉を叩いていた。

もはや梨玉には、抵抗するだけの力も心もなかった。

この少女は本当に知県への復讐を企てていた。

だが、それは決して暴力的な手段にはよらない。科挙という正当な手順で官吏となり、内側から人々を変えていこうと考えていたのだ。なんて輝かしい心意気であろうか。そんな将来の大器は今、取るに足らない小悪党によって沈められようとしている。

雪蓮は耳を澄ませた。

すでに時間切れのようだった。

「私を侮辱して！　ただで済むと思っているなら！　それは大間違いだ！」

「知県さま。これ以上はやめてください」

雪蓮は知県の太い腕をつかんで止めた。

それは神怪じみた流麗な動きだった。

いつの間にか、雪蓮を縛めていた軍夫たちは地に寝転がされ、壺中の天を彷徨うがごとく目を回している。

異変に気づいた知県が悲鳴にも似た吐息を漏らした。

「貴様！　何を」

「耿梨玉はお前よりもよっぽど官吏に相応しい。お前のような人間こそ害悪だ」

「小雪……！」

「大丈夫。あんたの思いは結実するよ」

梨玉の瞳が満月のように見開かれていく。

どこまでも真っすぐな光がそこに宿っていた。

その想いが踏みにじられるのは、我慢ならなかった。梨玉は立派だ。民を思い、その苦楽を自分のものとし、慈悲をもって行動できる義の女の子。まさに経書が理想とする聖人に至ることができる人材といえる。

「放せ！　貴様も縊り殺すぞっ」

「そうはならない。お前にはもう先がないんだ」

「この……」

左手で雪蓮を殴ろうとした直後、知県の身体がぐるんと回転した。

力を込めて足を払ったのである。日頃の運動不足が祟ったのか、それだけで知県は面白いように転倒した。梨玉を取り押さえていた軍夫たちが大慌てで雪蓮に殺到する。しかし雪蓮の身ごなしは飛仙のごときで、誰一人としてその肌に触れることはできない。

「知県さま！　こやつ武術の心得があるようで」

「捕らえろ！　殺してもいい！」

知県が声を荒らげた時、扉を蹴破る勢いで役人どもが駆け込んできた。試験会場で終場の準備をしていた男たちである。彼らは悪い夢でも見たような表情を浮かべていた。

「知県さま、府の役人が来訪しております！」

「今はそれどころじゃない！　追い払え！」

「しかし、県庁の行状査察と仰っていて……」

「何だと……!?」

知県の赤ら顔が、みるみる青くなっていった。

梨玉もびっくりして雪蓮の顔を見つめてくる。

そうだ。すでに遅い。

一人目の犠牲者が出た時から運命は決まっていたのだ。

「残念。お前の悪事は白日の下となるだろう」

「まさか……」

「僕は何もやっていないよ。……大丈夫か」

雪蓮は梨玉に手を差し伸べた。梨玉はしばし呆気に取られていたが、やがて大きく頷いて雪蓮の手を握り返す。

役人たちは大騒ぎだった。知県の隠蔽工作に加担したことが露見すれば、自分たちの進退も危ういからだ。そのただ中にあって、諸悪の元凶、知県・楊士同は、怒りに身を震わせることしかできずにいた。

「ふざけおって！　このような行いが許されるはずがない……！」

「あなたに言われたくないっ」

梨玉が立ち上がりながら叫んだ。

その瞳は珍しくも怒気を孕んでいる。

「私は堂々たる進士になって世界を変える。あなたみたいな悪い人がいなくなるように。そんな悪い人でも心が清らかになるように。あなたは役人さんに取り調べてもらうのがいいよ。そうしてちゃんと反省してね」

「ま、待て」

「さようなら」

梨玉は雪蓮の手を引いて部屋を後にした。

背後からは動物じみた悲鳴が響いてくる。

天道に背いた者は、報いを受けて然るべきなのだ。

□

それから府と都察院（官吏を監察するための組織）による調査が進み、知県の不行状は公然のものとなった。殺人事件を放置し、あまつさえ己の都合で隠蔽するなど言語道断。さらに種々の汚職に手を染めていた事実も芋づる式に浮上したため、楊士同の名誉には回復できぬほどの傷がついた。

だが、これは多くの童生たちが証言したからこその結果である。

もし目撃者がいなければ、あるいは少なければ、府や都察院も揉み消していたのではなかろうか。紅玲国の腐敗の度合いから察するに、それも決してあり得ぬことではない。知県を征伐するにはこの展開が最善だった。

県試は有耶無耶になったが、府の判断で正式に無効となった。もはや試験の体裁を成していなかったのだから仕方がない。合格も不合格もなく、特例として一カ月後に再試験が行われることになる。

童生たちは県庁から追い出され、再試験に向けた勉強に励むことになった。

とはいえ、いつまでもこの街に逗留するわけにもいかぬ。

各々はひとまず郷里に帰ることになった。

「小雪ぃーっ！　もう、何でそんなに薄情なのー!?」

街の門を出ようとする時、後ろから大声で追いかけてくる者がいた。

男装の少女、否、どう見てもただの少女、耿梨玉である。試験期間に飽きるほど見たその美しいかんばせは、何故か不満一色に染まっている。

「……別に薄情でも何でもないだろ。僕たちは赤の他人なんだから」

「赤の他人じゃないよ！　小雪は私の命の恩人だかんね！　それに青龍さんも会いたがってたよ、最後に世間話がしたいって……」

「あいつのことはどうでもいい」

「でも私とはお話ししてよねっ！」

梨玉は例によって雪蓮の腕に絡みついてくる。

何度注意しても近すぎる距離感が是正される気配はなかった。

雪蓮は溜息を吐いて苦笑する。

「……色々と世話になった。あんたの身を挺した作戦のおかげで殺人鬼を捕まえることができたわけだしな」

「ううん、小雪が大活躍してくれたおかげだよ。怪我はもう大丈夫なの？」

雪蓮は袖をめくって腕を差し出した。

もともと浅かったため、痕が残るような傷でもない。

梨玉は「よかったあ」と心底安堵したように呟いた。

そうして雪蓮の心臓が止まるようなことを言ってのけた。

「でも小雪って強いよねえ、女の子なのに」

「へ」

「武術を習ってたの？　剣とかも使えたりするのかな？　すごいなあ、羨ましいなあ、やっぱり今時の女の子は戦えなくちゃ駄目だよねえ」

「ちょっと待て！」

雪蓮は泡を吹くような気分で梨玉に詰め寄った。

鼓動が速まり、全身からぶわあっと嫌な汗が溢れてくる。

「な、なんだ僕が女って。そんなことがあるわけないだろう」

「隠してもばればれだよ！　一目見た時から『あ、この子は私とおんなじだ』って思ってたの。すっごくお顔がきれいだし、ちょっといい匂いがしたから」

やはり分かる人間には分かるのか。

「いい匂いのする男もいるかもしれないだろ」

「でも見たよ」

「何を」

「寝ている間に服を脱がせて……」

ちょっと頰を赤らめて目を逸らす梨玉。この少女が過剰に接触してくるのは、性別を確かめる目的もあったのだと今更気づく。

雪蓮はついに観念した。見られたとあっては反論のしようもないのだ。火照った顔を手で扇ぎながら、なるべく怖そうな顔で梨玉を睨んだ。

「誰にも言うなよ」

「言わないよ。小雪も私の秘密を言わないでね」

「何笑ってるんだよ」

「ふふ。仲間がいて嬉しいなって。小雪は可愛いし」

「か……」

これ以上動揺を見せれば、己の沽券にかかわる。

雪蓮は大きく咳払いをすると、髪をいじりながら関係のない方向を向いた。

「……まあ頑張れよ。僕も頑張る」

「私も頑張るよっ」

梨玉は笑って雪蓮から距離を取った。

春風が吹き、その艶々とした髪が揺れる。

「世の中には知県さまみたいな人たちがいっぱいいるんだ。だから私は絶対に合格する。合格して天下を変えてみせる。次の試験も一緒だといいね、小雪」

「そうだな。梨玉」

「うん！　またね！」

梨玉は微笑みを浮かべて去っていった。

花のように可憐でいながら、鋼のような正義感を持っている少女。雪蓮は手を振って見送りながら、梨玉と出会うことができてよかったな、と内心でしみじみ思った。

──誰かを犠牲にして何かを得ても虚しいだけだから。死んだお父さんがよく言ってたの、誰にでも胸を張れるような生き方をしなさいって。

梨玉の言葉が蘇った。それは本当に清らかな思いから発された言葉だ。幼い頃の体験に裏打ちされた彼女の意志は固く、世の官吏どもに爪の垢を煎じて飲ませてやりたいほどである。だが──

「──だが、それで足りるなら苦労はしない」

雪蓮は踵を返して歩き始める。

心の内に蜷局を巻くのは、間違っても梨玉には悟られてはいけない黒い情念である。

結局、梨玉の正義感では楊士同を打ち破ることはできなかった。経書に則って王道を説くのは立派だが、現実はそう簡単にはいかない。何かを成し遂げたいと思うならば、手段を選ばない覚悟が必要となるのだ。

もちろん、今回の殺人事件は雪蓮が起こしたものだった。

理由は一つ——知県に性別を見破られかけたから。

とはいえ、これは想定の範囲内の出来事である。

女の身で科挙に臨むにあたっては、多種多様のトラブルが発生することを見越しておかなければならない。ゆえにそれなりに強硬な手札を用意しておく必要があった。今回の作戦は県試(けんし)自体を無効化してしまう最終手段だったが、性別を見抜かれる危険性と天秤(てんびん)にかければ、一度の試験が徒労に終わる程度はどうということもないのだ。

手段は簡単だ。何らかのアクシデントを起こし、県試どころではなくすればよい。

いくつかの案はあったが、今回は権力を笠(かさ)に着て悪事に手を染めていた童生(どうせい)、周江(しゅうこう)に犠牲になってもらうことにした。やつは改心する様子の見られない、李青龍(りせいりゅう)の言うように聖人になるべくもない人間だったからだ。

ただ、自分で手を下すのは得策ではない。そういうリスクを取るのは抜き差しならなくなった場合のみだ。ゆえに雪蓮は、頭場(とうじょう)で大暴れして追い出された老人——黄福祥(こうふくしょう)に白羽の矢を立てた。科挙に恨みを持っているのは明白だから、誘いに乗ってくれるだろうと確信したのである。

雪蓮は知県と接触したすぐ後、部屋に戻って男装を解いた。万が一誰かに目撃されても雷雪蓮に容疑がかからぬようにするためである。梨玉の荷物から大工道具を盗み、ひびの入った壁を砕いて県庁の外に出る。目的地は少し離れたところに建っている県庁所轄の留置所だ。

見張りは雇われの軍夫が一人。居眠りをしていたので侵入は造作もなかった。捕らわれの黄福祥は、いちばん奥の格子の向こう側で胡坐をかき、ぶつぶつと経書の文句を唱えていた。雪蓮は梨玉の大工道具で腐った木枠を破壊すると、老人に向かってこんな提案を投げかける。

――私の言うことを聞いてください。

――あなたは県試に恨みがあるのでしょう？

――科挙を台無しにできるやもしれませんよ。

かくして老人は容易く殺人鬼となった。二日後の朝、きちんと周江を殺してくれたのである。さらに死体を門から吊るすことで多くの童生たちを目撃者に仕立て上げた。

ここまでお膳立てされれば、知県が破滅するのは時間の問題である。

実は事件を起こすよりも前、府庁に書簡を送り、県試の場で惨憺たる事件が起きることを報告していたのだ。終場の日に都察院が踏み込んできたのはそういう背景による。あれほど素早く動いてくれるとは思わなかったが、結果的に命拾いできたのでよしとしよう。

知県は雪蓮の想定通りに事件を隠蔽していたから、その罪は甚だ重いものになるはずだった。

が、ちょっとした予想外も発生した。

本来は周江だけでよかったはずなのに、黄福祥は成績一等の者たちを殺して回ったのである。雪蓮はその真意を問い質すために女装をして接触を試みた。

——あなたの仕業ですよね？　どうして殺したんです？

——決まっておる！　儂の邪魔をする輩に天罰を下すのだ！　小賢しい若者たちに社会の厳しさを思い知らせてやる。

科挙の魔力は恐ろしい。人をここまでの暴挙に駆り立てるとは。

だが雪蓮は、このまま放置しても問題ないと判断した。

これ以上は雪蓮の責任ではない。犠牲者が増えるならば、それを隠蔽する知県の罪も重いものとなるから好都合。後は目立った行動は避ければよい。とはいえ、このタイミングで下手に女装姿を目撃されたせいで（劉謙が殺されていないかを確かめるために部屋を覗いたりした）、梨玉に疑いの目が集まってしまったのは誤算だったが。

「……梨玉。あんたは本当に立派だよ」

梨玉は己の利益のためにしか動かない俗人とは違い、誠の思いで国のために義を果たそうとしている。その志は正しく美しい。雪蓮（せつれん）も義を果たすつもりであるが、性質は根本のところから異なっていた。

梨玉（りぎょく）が歩むのは、徳による王道の路（みち）だ。

一方、雪蓮が目指すのは力による覇道の路。

義を果たすという目的は同じでありながら、手段は根っこの部分から異なっていた。梨玉は最後の最後、知県（ちけん）に反省を促し赦（ゆる）すような発言をしていた。雪蓮にはそんなことはできない。あんなことではすぐに壁にぶち当たる。

敵が容赦なく権力や暴力を振りかざしてきたらどうするのか。

学力が足りずに科挙に合格できなかったらどうするのか。

そして何より、性別が女だと露見したら、いったいどうするつもりなのか。

緊急時に役立つのは、徳や優しさといった曖昧なものではない。

手段を選ばぬ虎狼（ころう）の心——純粋な〝力〟である。

（義か……）

雪蓮は梨玉と似たような経験をしている。愚かな権力者によって平穏を破壊され、生きるか死ぬかの日々を送ることになった。こういう話は珍しくもない。自然と思い起こされるのは、雪蓮を地獄に突き落とした男の顔だった。

——地に這（は）いつくばれ。それがお前に似合っている。

忌々しいことこの上なかった。

当節、俗悪な人間が猖獗を極め、百姓は理不尽な困苦に喘いでいる。

これを打破することができるのは、雪蓮のように冷血な人間だけだ。現に雪蓮は邪悪な知県を排除することに成功した。当初の目的は口封じだったが、結果として天下の毒を取り除くことができたのだから僥倖である。

（……まずは科挙登第だ。紅玲国を壊すためには）

最終試験たる殿試に進めば、天子に謁見することができる。

その瞬間こそ雪蓮の努力が報われる時に他ならない。

とはいえ、その前に梨玉をどうするか整理すべきだった。

性別を見抜かれてしまった。しかし、こちらも相手の弱みを握っているので破滅させる必要性は薄い。むしろ駒として利用すべきだ。ああいう眩しい人間は昨今珍しいから、隠れ蓑としては有用である。身を挺して守ることにも成功したため、今後はせいぜい役に立ってもらうとしようか。

否、それにしても――

（あの時は、僕も心を動かされたのだろうか）

梨玉を黄福祥から庇った時、打算があったわけではないのだ。

誰かのために傷つくことなど問題外なのに。

すべては利用すべき道具でしかないと思っていたのに。
身体が勝手に動いてしまった。
（まあいいか）
女物の服が入った荷袋を担ぎ、雪蓮は春の道を歩く。
梨玉とはまた会うことになるはずだ。
衝突することもあるだろうが、雪蓮の復讐は止まることがない。
あの少女の王道が、雪蓮の覇道を捻じ曲げない限りは。

二回　力足らざる者は中道にして廢す

黄色く淀んだ風が吹いている。

西から運ばれる黄砂が天を曇らせているのだ。古来続く春の風物詩とはいえ、何日もこの有様では思考すら煙らされるようで敵わなかった。

「春か……」

日の出から机に向かって経書の読み込みを始め、午を告げる鐘の音が響いたところで、雪蓮は硯の後始末をしながら窓の外を見上げた。黄天にぼんやりと霞んでいる稜線は、昔の偉人が昇仙したという故事のある白梁山。雪蓮が起居しているこの黎家集は、中央から遠く離れ、そういう胡散臭い伝説がいくつも口伝される僻村なのだった。

光乾五年、三月。

激動の県試から季節が一巡した。

その間、取り立てて面白味のあることもない日々だったといえる。

再試験となった県試は難なく突破し、続く府試も危なげなく合格した。残るは学校試の最終関門、院試だが、これが開催されるのは今から一週間ほどを置いて後だった。それまで童生たちは郷里で次の試験に備えることになる。

雪蓮も黎家集の実家、雷家の邸宅で勉学に励行していた。

今頃、あの天真爛漫な少女――耿梨玉も真面目に机に向かっているのだろうか。

というか、梨玉はいったいどの辺りに居を構えているのだろうか。

県試の再試験、府試、いずれも梨玉とは顔を合わせていなかった。殺人事件が起きたことの反省から、童生たちは部屋を小分けにされて――あたかも囚人を監視するような恰好で受験させられたのである。女みたいな童生がいたという噂が流れてきたため、梨玉が受験していることは確実だったが、結局、その姿を拝することは叶わなかった。

（もう一年だな。息災だろうか）

心配するのも変な話ではあるのだが。

雪蓮は筆を置くと、身体の凝りを解すために大きく伸びをする。

その時、背後の戸がするすると開かれていく気配がした。

「おや、雪蓮さま、休憩ですか」

「仲麗。何用だ」

「おやつを持って参りました。そろそろお疲れなんじゃないかと思って」

雪蓮よりも一回り小さい少女だった。雷家に住み込みで働いている下女の一人、仲麗である。雪蓮とは気心の知れた仲だ。

仲麗は紅色の棗が載った皿を文机に載せると、窓の外を見上げ、あらまあ、と困ったように呟いた。

「ひどい天気ですね。これじゃあ勉強にも身が入りませんでしょう？」

「場所を変えたい。そろそろ府城に出発しようかと思っているよ」

府城とは、府の行政機関が軒を連ねる中心地のことだ。院試が行われる知府も府城にあるが、これは以前雪蓮が府試でお世話になった場所と同一である。

仲麗は紅棗をひょいと口に放り込みながら言った。

「雪蓮さま、それは一向に構いませんけれど、気をつけてくださいね。女の子だってことがバレたら、受験資格剥奪じゃ済まされないかもしれませんよ」

「バレないよ。県試でも府試でも問題なかったんだから」

「まあそうですよね、雪蓮さまったら、男の恰好をしてみたらとんでもない美丈夫なんですもの。惚れ惚れしちゃいますわ」

「からかうなよ……」

「本当のことです。雪蓮さまが男の方だったらよかったのに」

やめてほしい。頬を赤らめてそんなことを言うのは。ちなみに六年ほど前、雪蓮が男装するようになってからというもの、仲麗のスキンシップはいっそう激しくなった。

「……性別なんて関係ないだろ。現に僕は県試も府試も合格したし」

「まあ！　女同士でもよいと仰るので？」

「そういう意味じゃない！」

仲麗は「冗談ですよ」と笑った。

「しかし、頭のいい人が考えることはとんと分かりませんね。女の子に生まれたのなら、無理せず家でお仕事をしていればいいのに……」

「そんなこと梨玉に言ったら怒られるぞ」

「梨玉？　はて、どなたでしょうか？」

「何でもない」

雪蓮は立ち上がって支度を始めた。持ち物はすでに準備してあった。

「もう行かれるんですか？　慌ただしいことで」

「ふた月ほどしたら帰ってくるよ。父によろしく言っておいてくれ」

善は急げと言うわけではないが、雪蓮は思い立ったら即行動するタイプだった。ちなみに、ここから府城までは馬で半日かかる。今から出発すれば、府城の閉門には十分間に合うだろう。

部屋から立ち去ろうとした雪蓮の背中に、仲麗が慌てて声をかけた。

「そうだ雪蓮さま、一つお伝えしておくことがありました」

「何だ」

「近頃、この辺りを兵隊さんがうろついているらしいですよ。隣の村の話では、消えた公主を捜しているのだとか」

「公主……？」

「公主って言ったらお姫様ですよ。何年も行方不明だったそうなんですが、最近目撃情報があったとかで、血眼になって捜しているんだとか……」

不意に、門のほうで話し声が聞こえた。

雪蓮は仲麗に引っ張られて前庭に出た。柱の陰から様子をうかがってみると、雷家の当主──雪蓮の父親が、武巾と軍袍を身につけた男たちと言葉を交わしていた。

「──いいかね、何度も言うが、この近辺に今上の姪君にあたる長楽公主がいらっしゃるという報告があったのだ。心当たりがないか、もう一度よく考えてみるといい」

「はあ……しかし、長楽公主さまはしばらく前にお亡くなりになったのでは？」

「それが見つかったというからお捜し申し上げている。見目麗しい女性に成長なさっているという話だから、見かければすぐに分かるだろうさ」

「こんな僻村ではなく県城や府城にいらっしゃるのでは」

「ええい口答えするな！　そっちも捜しておるわ！」

兵士たちは唾を吐いて去っていった。

それを見送った父親が、溜息を吐いて肩を落としているのが見える。また厄介な騒動が起きているようだが、雪蓮の与り知るところではない。

「ひええ。兵隊さんって怖いんですねぇ」

「田舎の兵隊なんてごろつきみたいなものだからな」

「へえ──って、雪蓮さま、どこに行くんですか？」

「言っただろ。府城だよ」

雪蓮は厩のほうへ向かうと、馬に跨って雷家を出発した。公主のことは心の片隅に留めておくとして、今重要なのは、院試をいかにして突破するかという一点である。

といっても、試験自体は臆するに値しない。

たかだか院試で躓くほどやわな勉強はしていないからだ。

熟慮すべきは――今後、自分の正体を隠し通せるかどうか。

「雪蓮さま！　きっとお土産を買ってきてくださいね！」

背後で大声をあげている仲麗に手を挙げて答えると、雪蓮は一路、府城を目指して駆けるのだった。

□

半日で着くはずだったのに、結局着かなかった。

先日の雨で地滑りが発生したらしい。一本道を丸ごと覆い尽くしていたのは、黄色い土砂の山である。同じく立ち往生していた者たちに聞いてみると、府城へ向かうには、迂回して何日もかけなければならないようだ。

引き返すべきかと思ったが、決まりが悪いといえば悪い。

迂回するとなれば、どこかの村で一泊しなければならないのだが、はたしてそう簡単に宿が見つかるかどうか。考えあぐねていると、不意に聞き覚えのある声が聞こえた。

「小雪……？　小雪でしょ!?」

「え？　梨玉？」

そういう珍妙な渾名で雪蓮を呼ぶのは一人しか心当たりがなかった。

振り向いてみると、目を皿にしてこちらを凝視している女の子の姿が見える。

「うわあ！　やっぱり小雪だ、久しぶりだね!?　こんなところで何してるの!?　ていうか今までどこで何をしていたの!?」

梨玉は遠慮会釈なしに雪蓮の身体をぺたぺた触ってきた。やはりこの傍若無人さは耿梨玉に間違いない。

「お、おい！　あんまり触るな……！」

「だってえ！　再試験でも府試でも会えなかったんだもん！　会いに行こうってずっと思ってたんだけど、小雪がどこに住んでいるのか知らなかったし……！」

「分かった、分かったから騒ぐなって」

雪蓮はやっとの思いで梨玉を引き離した。

久方ぶりに会う梨玉は、県試の時とあまり変わっていなかった。

姉の形見の一張羅ではないが、女の子らしい襦裙を身にまとっている。

「で、梨玉。あんたは何故ここにいるんだ」

「お葬式の帰りだよ。親戚のところへ行ってたの。そういう小雪はどうなの」

「僕は……」

隠しても仕方がないので正直に話すことにした。梨玉はすべて聞き終えると、画眉鳥のように高い声をあげて言った。

「えー⁉　小雪って黎家集に住んでたの⁉　私の村とそう離れてないじゃん」

「そうなのか？　世間は意外と狭いものだ……」

「そもそも黎家集っていう集落は、私の村——英桑村の人たちが、洪水被害から逃れるために移住した場所なんだよ。もうそっちに住みついちゃって戻ってこない人もいるけど」

それは初耳だった。

梨玉はにっこりと笑った。

「これも天運だね！　私と小雪は切っても切れない縁で結ばれていたんだ」

「そうとは限らないと思うが……」

「今日はうちに泊まっていってよ。小雪なら大歓迎だよ」

雪蓮は信じられない思いで梨玉を見つめた。

その表情がよほどおかしかったのか、梨玉はくすりと笑って雪蓮の腕を引くのだった。

□

梨玉の故郷、英桑村は、戸数三百余りの小さな村だった。か細い水路を囲むようにして白い壁の建物が並んでいる。その中でも一際大きいのは孔子廟だろうか。

雪蓮は馬を厩舎に預けると、梨玉に引き連れられて耿家の屋敷に案内された。屋敷といっても雷家ほど立派なものではなかった。壁はひびに覆われ、その隙間から草木が生い茂っている。

「……意外と復興してるんだな。廃墟同然かと思っていたのに」

「小雪、遠慮ってものがないねえ？　復興してるのは当然だよ、みんな頑張ってるんだから。私もみんなのために科挙登第しなくちゃいけないんだ」

梨玉は苦笑しながら戸を押して開いた。

内部は何の変哲もない民家の光景である。辺りの様子をきょろきょろとうかがっていると、梨玉が「ほら座って」と椅子を引いた。

「夕餉の準備をするね。もうちょっと待ってて」

「僕も何か手伝おう」

「いーの！　小雪はお客さんなんだから」

梨玉は笑って支度を始めた。

すると、奥の間から齢四十くらいの女性がひょっこり姿を現した。

「あれま梨玉、お帰りなさい」

「お母さん！　こっちはやっておくから休んでいてよ。あ、お葬式のほうは問題なく終わったから大丈夫」

「そうかい。あたしも脚が丈夫なら行きたかったんだけどねえ」

そこで梨玉の母親は雪蓮に目をとめた。

「おや梨玉、いったいどちら様を連れてきたんだ？　とんでもない美男子じゃないか」

「何を言ってるのお母さん、小雪はおん――」

「雷雪蓮（らいせつれん）と申します。梨玉さんとは仲良くさせていただいております」

雪蓮は梨玉を押しのけて頭を下げた。性別を言い触らされるのは困るからだ。梨玉も遅れて自分の失態に気づいたのか、ハッとして左手で口元を覆った。

梨玉の母は面白そうに笑うと、杖（つえ）をつきながら雪蓮の対面に腰かける。

「ほお。梨玉がこんな相手を見つけてくるとは。どこの人だい」

「黎家集（れいかしゅう）です」

「黎家集か！　あそこにはうちの一族も住んでいるんだよ！　いやしかし、雷雪蓮ってことは、もしやあの雷家のご子息なんじゃないかね？」

「ええ、まあ……」

「やっぱりそうだ。そうだと思ったんだよ。雷家はこの辺りじゃ有数の分限者だからね、それじゃ雪蓮はその見た目の通りの貴公子だったってわけだ」

「え、小雪、そうなの……？」

「貴公子なんてよしてくださいよ。うちがそれなりに富裕だったのは事実ですが、昔の話です。今ではすっかり落ちぶれたもので」

「にしてもうちと比べたら大したもんだ！　よかったねえ梨玉、こんな男を捕まえられるなんて、あんたはついているよ」

「お母さん……小雪はそんなんじゃないったら」

「じゃあ何なのさ。家まで連れてくるなんてよっぽどだよ」

「それは……」

梨玉は耳まで赤くなって押し黙ってしまった。本当のことは言えるわけもない。雪蓮も雪蓮で居心地の悪いものを感じて視線を天井へと向けた。

仲麗から聞いた話だが、この辺りの地方では、年頃の女子が男子を実家に連れてくることは、そのまま婚姻を前提とした関係であることを示す行為でもあるらしい。事実、梨玉の母は気をよくして雪蓮の肩を叩くのだった。

「さあ雪蓮、ここはあんたの家も同然だ。ゆっくりしていってくれ」

「お母さん！　だから小雪は違うの！」

梨玉の訴えが虚しく響いた。

こうして雪蓮は耿家で一夜を明かすことになった。

□

外を遊び歩いていた梨玉の弟も帰ってきたため、夕餉の席はたいそう賑やかなものとなった。その話題は主に雪蓮のことに関する。どこで出会ったのか、どんな話をしているのか、どうやって口説き落としたのか、落とされたのか――根掘り葉掘り聞かれる羽目となった。

さらに雪蓮が府試に合格した童生だと判明するや、騒ぎは収まりがつかなくなってしまった。末は内閣大学士（宰相）だ何だと囃し立てられるのはまだいいが、深々頭を下げて「梨玉のことをお頼み申し上げます」などと言われてしまったら閉口するしかない。その梨玉も優秀な童生であることを承知しているのだろうか。

そして今、雪蓮と梨玉はようやく夕餉の席を脱していた。

家屋の壁に凭れ、二人並んで空を眺めている。

黄砂は去ったのか、下弦の月がよく照っていた。

「ごめんね。なんか変な話になっちゃって」

「別に構わないよ。勘違いされたところで痛くも痒くもない」

「え？　勘違いされたままがいいってこと……!?」

「そうじゃない！　わざわざ訂正するのも面倒だって言いたいんだ」

雪蓮は腕を組んでそっぽを向いた。

「……それはさておき、今日はありがとう。おかげで助かったよ」

「どういたしまして！　困った時は助け合わないとだからねっ」

「あんたの母君にも感謝しないとな。僕みたいなどこの馬の骨とも知れない者を泊めてくださるのだから」

傍から見ても仲のいい家族だった。残された者たちで精一杯助け合って生活している。あの悲劇が起きる前は、もっと賑やかで楽しい家庭だったに違いない。

梨玉はにこりと微笑んで言った。

「お母さんは優しい人なんだ。だから私は頑張らなきゃなの」

「科挙のことを、母君は知っているのか」

「もちろん！　応援してくれているよ、反則みたいなことをしているのにね」

通常、女子が科挙登第を目指すなどと言い出せば、猛反対されて止められる。そして徹底的に女子としての再教育を施されるはずだ。そうなっていないのは、耿家の人間の器が大きいからに他ならなかった。

梨玉は二、三歩前に出ると、くるりと振り返って笑うのだ。

「何度でも言うよ。私は科挙に合格するから」

「梨玉……」

「小雪も一緒に頑張ろうね。世界を変えるために」

月光に彩られた梨玉の振る舞いは、さながら天女のようにも見える。

あまりにも美しい。

だが、その振る舞いは——

「どう見ても女の子だな」

「えっ……」

「これからも科挙を受けるつもりなら、せめて仕草だけは男らしくしたらどうなんだ。服を変えるつもりはないんだろうし」

「男らしくって……どうすればいいの？」

「堂々と構えるとか？」

「や、やってるつもりなんだけど!?」

「股を開いて座るのはどうだ」

「はしたないよ！　だいたい小雪だってそんなことしてないでしょ」

「僕はちゃんと男装してるから問題ないんだよ」

梨玉が、うぐぐ、と悔しそうに唸（うな）った。

「そういう小雪はどうなの？」

「ん？」

「男装は完璧かもしれないけれど、ずっとそんな恰好（かっこう）していたら、いざという時に女の子らしい仕草ができなくなっちゃうよ？」

「僕がそんなことする必要はないだろ」

「あるよ！」

梨玉が勢いよく近づいてきた。

「小雪はとってもお顔が良いから、ずっと男装したままだともったいないよ？　ここぞという時にはちゃんと相応の振る舞いをしないと！」

「いや、だから必要ないって」

「あーるーのーっ！　こうなったら私が女の子としての所作を教えてあげる！」

「分かった分かった。考えておくから」

「絶対嘘でしょ。やる気が感じられないもん」

梨玉は頰を膨らませて怒っていた。

長らく男装のすべを磨いてきたため、今更女子らしく振る舞えと言われても無理な相談だった。しかし、そういう演技力が身を助ける可能性も否めない。雪蓮は密かに梨玉の立ち居振る舞いをうかがった。この少女は、雪蓮が見たどんな娘よりも少女らしい気質を持っている。少しは参考になるかもしれないが――

「――まあ、無理強いはしないけどね。小雪が嫌なら何も言わないよ」

「ああ。無理はしないことにする」

「うん。今はそれより試験が大事だもんね」

梨玉は笑って踵を返した。

すでに日は沈んでいる。そろそろ眠たくなってきた。

□

翌朝、日が昇って間もない頃に出立することになった。きらきらと光る陽光が英桑村の家屋を照らす中、雪蓮と梨玉は、荷物をまとめて戸口に立った。試験が始まるまであと六日。梨玉も雪蓮とともに府城に前入りすることになったのである。

見送りに来てくれたのは、梨玉の母と弟だった。

「梨玉、頑張ってね。〝力足らざる者は中道にして廢す〟だよ」

「うん！　できるだけやってみるよ」

力足らざる者云々は『論語』の一節である。力尽きてぶっ倒れるまでチャレンジしろ、と激励を送っているのだ。

そこで雪蓮は、機を逃すまいと口を開いた。

「あの。梨玉を放っておいていいのですか」

「ん？　どういう意味だ」

「女が科挙を受けるなんて普通じゃありませんから。仮に合格したとして、最後まで隠し続けられるとも思えません」

「小雪⁉　今更そんなこと言う⁉」

しかし梨玉の母は、快活に笑って答えた。

「それはそうだ、正気の沙汰じゃないってことは分かっているさ。でもやってみなければ始まらん、もし梨玉が試験ですごい成績を残したら、女だからっていう理由で摘まみ出されることもなくなるだろうさ」

「それは楽観的すぎる気がしますね」

「雪蓮、お前さんは悲観的だね。結果がどうなるかは分からないじゃないか。それでは自分の力に最初から見切りをつけているようなもんだよ。〝今女は画れり〟だ」

己を見限らずに努力しろということか。

牽強付会の感もあったが、その言葉は雪蓮の胸をしたたか打った。

雪蓮は軽く微笑むと、踵を返して言った。

「では行ってきます。お世話になりました」

「梨玉のことはよろしく頼んだ。できれば合格できるように補助してくれると助かるよ」

「いえ、科挙試験というものは個人戦で……」

「大丈夫！　私と小雪が力を合わせれば、向かうところ敵なしだから！」

「雪蓮に迷惑かけるんじゃないよ？」

「分かってるって！　むしろ私が小雪の面倒見たげるよ」

梨玉はどこまでも天真爛漫だった。すっかり毒気を抜かれてしまった雪蓮は、もう一度梨玉の母に頭を下げてから出発するのだった。

女の身でありながら科挙に挑むのは至難を極める。

しかし、やると決めたからには力尽きるまで力を尽くさなければならない。

梨玉は郷里のために、家族のために、天下のために。

そして雪蓮は、天下のために、復讐のために。

「じゃあ行こっか！　目指せ院試合格！」

「馬はどうしようか……」

「馬乗れるの⁉　乗せて乗せて！」

「いや、荷物が多くなったから置いていこう」

日が完全に昇る。家々から煮炊きの煙が上がっているのが見える。

雪蓮(せつれん)は梨玉(りぎょく)に手を引かれ、府城に向けて出発するのだった。

民信無くんば立たず

院試は学校試における最終関門である。

これに合格すれば、晴れて入学を許可され、生員という身分を獲得できるのだ。生員は秀才とも呼ばれ、科挙の本試験たる郷試を受ける権利を与えられる。郷試に受かれば挙人と呼ばれ、次の会試へ挑戦することになる。会試に受かりさえすれば進士である。残っているのは確認のための覆試と、半ば形式化している皇帝との面接試験、殿試だけだった。

いや、そこまで先のことを考えても仕方がない。

雪蓮と梨玉にとっては、目の前の院試が重要なのだから。

「うわあ、やっぱり府城は大きいねえ！　人がたくさんいるよ」

「六つの県を束ねる府の中心部だからな。……それはそうと梨玉、府試の合格証書はちゃんと持ってきたよな？」

「もちろんだよ！　忘れるわけがないでしょ？」

梨玉は胸を張って証書を取り出した。これがなければ院試の会場に入ることもできないのだ。

「……本物だな。まさか本当に府試を突破していたとは」

「失礼だよ小雪！　私だってちゃんと勉強頑張ってるんだかんねっ」

梨玉は袖を打ち振って抗議する。そういう大仰な仕草は女性っぽい、というより子供っぽいが、今更指摘したところで直るはずもないので黙っておいた。

白昼の府城は、ともすれば攫われてしまいそうなほどの喧噪だった。

ひっきりなしに話す人々、行き交う馬車牛車、じゃれ合っていた子供が前から転び、大声をあげて泣き始めた。この往来は繁華街のためか、肉や果物のにおい、湯を売る店の甕が割れる音、辻芝居の楽器が打ち鳴らされる音——混沌が五感に訴えかけてくる。

人込みに慣れていない雪蓮は、うえ、と小さな声を漏らした。

「どうしたの？　お顔が青くなってるよ」

「問題ない。ただ、こういう賑やかさは苦手だ……」

「京師はもっとすごいんじゃない？　今からでも慣れておかないと」

「じゃあ行かなくていいや……」

「行かなきゃ殿試を受けられないでしょーっ！」

院試が始まるのは二日後だ。

それまでにコンディションを整えておかねばならない。

「おや、雪蓮殿じゃないか！　それに梨玉殿も」

にわかに名前を呼ばれてハッとした。

人波を逆流するように駆け寄ってきたのは、県試でことあるごとに絡んできた童生、李青龍である。雪蓮は鬼に出会った気分で眉をひそめたが、当の本人は、数年来の旧友にたまたま出くわしたがごとく笑うのだ。

「来ているとは思ったが、まさかこんな形で会うとはね。その派手な衣装を見た時、まさかと思ってびっくりしたぞ」

「青龍さんも院試を？」

「ああ。もちろん合格しにね」

受けに、ではなく合格しにと来たものだ。よほどの自信があるのか身のほどを知らない馬鹿なのか、李青龍は例の飄々とした笑みを浮かべてこんなことを言った。

「二人とも、暇かい？」

「あ、これから小雪と宿で勉強しようかなって……」

「やめておけ、今更無理に詰め込んだところで結果は変わらないさ。それよりも大事なのは、試験に備えて英気を養っておくことだ」

「それはそうかもだけど」

「だったら」

　李青龍は、銭の入っていると思しき袋を掲げる。

「一緒に昼餉を食べないか？　この邂逅は天運に違いない、私が奢って差し上げよう」

「好きなだけ食べてくれ。こんなことを言うと顰蹙を買うかもしれないが、私の家は裕福だからね。気兼ねすることなくどんどん注文していいぞ」

「では一番高いやつを頼もうか」

「ちょっと小雪？　少しは遠慮っていうものを……」

「こいつはいいって言ったんだ。遠慮なんかする必要はない」

「雪蓮殿の言う通りだ。たとえば世の官吏は蓄財に忙しいようだが、そんなことでは己の職分を果たしているとは言えない。金は人を鈍らせる毒みたいなものさ」

偉そうな講釈はどうでもよい。

雪蓮はよさそうな料理をピックアップして注文しておいた。

昼時なので客は多い。高級料理ではなく大衆向けといった様相だ。雑多な空気だが、厨房から香ってくる香ばしい匂いは、ほどよく空腹を刺激してくれる。

「それにしても梨玉殿、相変わらずきみは女装なんだな」

「へ？　あ、うん！　そうだよ！　女装なの！」

「前々から聞きたかったのだが、それは趣味なのかい？　私の周りにそういう恰好をしている男はいないから、どうにも気になってしまってね」

「えっと、これは死んだお姉ちゃんの形見なの」

皿に載った揚餅が運ばれてきた。雪蓮はそれを口に放り込みながら梨玉と李青龍のやり取りを傍観する。

「私の家族は洪水で流されちゃって。でもその洪水は、役人が手抜きをしたことが原因だったの。二度とそんなことが起こらないように、私が官吏になって紅玲国を変えてやりたいんだ」

「なるほど。つまりきみは、世を糺すために官吏になろうとしているのか」

「うん。科挙に合格しないと世界は変えられないからね」

「素晴らしい！　これほどの義士がまだいたなんて！　まさに梨玉殿のような人を社会の木鐸と仰がなければならないね」

何故か李青龍は興奮していた。そういえば、この男の原動力は紅玲国への不満だったような気がする。私利私欲ではなく清廉な思いから官吏にならんとしている梨玉の志は、彼のお眼鏡にぴったり適ったらしい。

それはそうと揚餅がおいしい。

朝に何も食べていないから、いくらでもお腹に入る。

「院試は何が何でも合格する必要があるな。とはいえ余計な嫌疑をかけられぬよう工夫するのがよろしいぞ」

「工夫？　ってどんな？」

「女と間違えられないための根回しだ。後で私が教示してあげよう」

いったい何を吹き込むのやら。

確認しておく必要はあるが、今は腹ごしらえが優先だ。

「して梨玉殿、試験の自信はどうだい？」

「自信ならあるよ！　今度こそ一等で合格しちゃうかも」

「なるほど。しかしだね——」

薬味の効いた麺が届いた。湯気がほかほかと立ち上がっている。美味しそうだ。雪蓮は揚餅を平らげてからそれに取りかかった。

李青龍が声を潜めて言った。

「妙な噂を聞いてしまったんだ。此度の院試は気をつけたほうがいい」

「どういうこと？」

「梨玉殿も知っていると思うが、県試の試験官は知県、府試の試験官は知府が執り行うことになっている。では、府城で行う院試も知府が試験官をやるのかと言えば、そうではないのだ」

「ええ？　じゃあ誰？　天子様？」

「なわけあるかい。中央から派遣される総管学政、略して学政だ」

今度は饅頭がやってきた。

かぶりついてみると、餡があふれて口の中に甘みが広がる。

至福。悦楽。恐悦至極。

「そして、此度我々の試験を監督する学政がなかなかに曲者でね。姓名を王視遠というのだが、噂によれば、院試に大胆な改革を加えようとしているらしいのだ」

雪蓮は饅頭を咀嚼しながら李青龍を見た。飲まず食わずで熱弁しているらしいが、このご馳走を前にしてよく腹の虫が鳴かないものだ。どの料理も頬が落ちるくらいなのに。とりあえず新しい料理を注文することにした。

梨玉が首を傾げる。

「改革……ってどんな感じ？」

「そこまでは分からないが、通常の院試では有り得ぬ問題になるらしい。もともと紅玲は歴代の王朝と比べて科挙制度を軽視している節があるから、一部の禁則事項に抵触しない限りは、試験官の裁量で自由に問題形式を変更することができる」

「何で青龍さんはそんなこと知ってるの」

「役所に忍び込んで盗み聞きしたからね。そういうのは得意なんだ」

李青龍は悪びれた様子もなく笑った。

対する梨玉は呆れ果てた様子である。

「青龍さんって、盗人みたいだねえ」

「斥候と言ってくれたまえ。……まあ、明日には学政による講義が行われるはずだ。そこで試験の全容は見えてくることだろう」

院試が始まる前日、学政による経書の講義が行われるのが習わしだった。もともとは生員のみが対象の特別講義だったが、童生に対する叱咤の意も込めて数十年前から行われているらしい。

雪蓮としては、講義の内容自体に興味はなかったが、学政・王視遠が何をもって大胆な改革に乗り出したのかは気になるところである。

そこでふと、李青龍がこちらを見つめていることに気づく。

「雪蓮殿。特殊な試験であればあるほど、その人の真価が問われるのだ。今回はきみの隠された実力を拝見したいものだね」

「ふぉあ」

「何言ってるんだ」

ごくりと饅頭を呑み込む。

「……僕はいつも精一杯やってるよ。隠された実力なんてない」

「そうは思えないね。どこか手を抜いている節がある」

「前の県試で少し会っただけなのに、僕の何が分かるというのだ。すみませーん、この饅頭を山盛りでください」

「分かるさ。私の人物眼を侮ってもらっちゃ困る——ってどれだけ食べるんだ⁉」

李青龍が珍しく頓狂な声をあげた。

卓子の上に並んでいるのは、色とりどりの料理だ。饅頭、野菜炒め、麩菓子、蒸し栗、牛肉麺。通常考えれば三人でも食べきれないほどの量だが、雪蓮にとってはむしろ少ないくらいだった。

「小雪、これ全部食べるつもりなの……？」

「まだ来てない料理もある」

「ま、待ってくれ雪蓮殿。いくら私が裕福だからといっても限度がある。これ以上は良心に従い遠慮していただけると助かるのだが」

「好きなだけ食べろと言ったのはあんたじゃないか」

「それはそうだ。そうなんだが、重々承知しているのだが、まさか雪蓮殿がそれほどの大食漢だったとは思ってもみず……」

ちょっとムッとしてしまった。

野菜炒めの皿を平らげてから、雪蓮は無慈悲に告げた。

「蓄財は毒、じゃなかったのか？」

「………………」

何故か梨玉が尊敬するような目で見てきた。

今日はお腹いっぱい食べられて満足だ。

□

翌日、学政による特別講義が行われることになった。

院試が行われる会場、試院と呼ばれる巨大な講堂に集められた童生たちは、壇上に立つ文人然とした男の顔を見上げる。鶴の補子が施された官服を身にまとい、頭上にいただくのは貴人を表す紗帽、そして何と言っても舶来品の眼鏡をかけているのが印象的だ。

学政・王視遠は、紗帽を脱ぐと、『孟子』の解釈について滔々と語り始めた。

いやしくも学政のありがたい講義なのに、童生たちはあまり集中して聞いているようには見られない。しばらく毒にも薬にもならない講義は続き、半刻ほど経ったところで、王視遠は一息を吐いてこんなことを言った。

「これにて講義は終わりです。次に明日から始まる院試の説明に移りたいと思います」

その言葉を聞いた途端、童生たちがざわめいた。

やはり院試は従来通りに行われるわけではないのだ。

王視遠は騒ぎを手で制すると、鷹揚な態度で言葉を紡いだ。

「突然ですが、今回の院試は特殊な形式をとることと決定しました。従来通りであれば、合計四回の試験を行い、そのたびごとに合格発表を行って人数を絞ってゆきます。しかし今回、合計五回の試験を全員最後まで受験していただくことになりました」

では五回の平均点で合否を決定するのだろうか。

否、そう単純な話とは思えない。

「そうですね、これだけではありません。今回の院試には主題を設定させていただきました。皆さんには、信を大事にして取り組んでいただこうかと思います」

信。何ともつかみどころのない言葉だ。

「秀才を目指す者たちならばご存知でしょうが、信とは仁、義、礼、智と並んで大事な概念です。これを体現できなければ、士大夫として活躍することは難しいでしょう。経書を読み込むのも立派ですが、やはり実践も同じくらい大事なのです」

「……あの王視遠とかいう男、割合よいことを言うね」

隣の李青龍が耳打ちをしてきた。

本心で言っているのか知らないが、紅玲国の官吏である以上、大なり小なり腐っていることは確実なのだ。

「〝民信無くんば立たず〟と言いますね。信とは信頼、信用、絆、誠実さを表します。そこで皆さんには、四人組を作って試験に挑んでいただきます。この四人組のことは、便宜的に伍と名付けましょうか。五人ではありませんけれど」

童生たちはいよいよ私語を抑えられなくなった。

何故、個人戦であるはずの科挙で四人組が必要なのか。

だがその答えは、すでに王視遠が述べていた。

主題が信だからだ。そのためにあの男は常識を破壊したのだ。

「一回ごとの試験においては、伍の合計によって成績を決定します。この成績は一回ごとに発表しますが、伍のうちの誰がどんな成績をつけられたのかは公表されません。あくまで伍としての成績のみです。……ああ、悪い成績だったからといって途中で試院を追い出されることはありませんよ。県試や府試とは方式が異なるのです」

王視遠は、眼鏡を撫でながら言葉を続ける。

「そして五回の試験が終わった後、一回ごとの成績を合計して合否を決定いたします。つまり今回の院試は個人戦ではなく団体戦、同じ伍の童生と切磋琢磨して挑まなければなりません。ちなみに四人組が作れなかった場合ですが、その際は一人、二人、三人でも伍として認めます。ただし成績の判定は平均ではなく合計なので、不利になることをご承知ください。とはいえ、受験者はちょうど百六十名なので問題ありませんね」

童生たちは心許なそうに視線を巡らせていた。

伍を作れるかどうか。作れたとして足の引っ張り合いにならないか。あらゆる不安が綯い交ぜになって襲いかかる。

「この試験方式は私の発案ですが、科挙制度改革の一環として中央に許可を得ていることです。そして今年の院試から、答案審査の方式を変更するようにとの勅令がありました。これまでは学政とその秘書が行っておりましたが、これでは学政の好みに合否が左右される弊害があるゆえ、更朱という官吏が二度目の審査を行ってくれます。皆さんは安心して院試に臨んでください」

はたして王視遠は何を考えているのか。

こんな試験方式では、正しく童生の力を測ることができないのではないか。

しかし王視遠は、にこりと柔和に笑って締めくくるのだった。

「困惑する方も多いでしょうが、これは信を測るために必要な措置なのです。それでは皆さん、力を合わせて頑張ってくださいね。ああそうそう、明日の早朝までに伍(ご)を確定して届け出をすること。そうでなければ受験は認めませんからね」

王視遠(おうしえん)は荷物をまとめて去っていった。

講堂に残された童生(どうせい)たちは、嵐のように言葉を交わし始めた。早くもそこここで誰かを勧誘する声が聞こえてくる。他の童生たちがどれほどの実力なのか見当もつかないため、雪蓮(せつれん)は迂闊(うかつ)に動くこともできなかった。

「これは参ったね。私と雪蓮殿、梨玉(りぎょく)殿は確定として、もうあと一人を仲間に引き入れる必要が出てきたというわけだ」

「あんた、勝手に僕たちと組むつもりなんだな」

「え？　まさか駄目だったか……？　つれないね、一緒に昼を食べた仲じゃないか」

「まあ、別に構わないが……」

「どうしよう小雪(こゆき)!?　私たちも誰かを誘ったほうがいいかな……!?」

梨玉が焦って立ち上がる。

雪蓮は頬杖(ほおづえ)をついて梨玉から視線を逸(そ)らした。

「童生の数は百六十人。余ったやつと組めばいいよ」

「しかし雪蓮殿、優秀な者を早めに勧誘したほうがいいと思うが？」

「誰が優秀か分かるのか？」

「目が輝いている者を探そう」

何だそれ。
雪蓮は溜息を吐いて立ち上がるのだった。

□

幾度か童生たちが雪蓮、梨玉、李青龍のもとを訪れた。伍のメンバーにならないかと勧誘をかけてきた者たちである。梨玉としては願ったり叶ったりだったが、何故か雪蓮が許可しなかった。

「様子を見る必要がある」

とのこと。理由を聞いても教えてくれなかった。童生の実力を見極めているのかもしれないが、悠長に構えていたら機を逸するだけではないかと梨玉は思っている。いずれにせよ雪蓮の意志は固いため、メンバー集めは慎重を期することになった。

梨玉と雪蓮は、試院に併設された会館を宿としている。

院試の受験生は、だいたいここに宿泊することになっているのだ。

メンバー集めをしないなら雪蓮と一緒に勉強でもしようかと思ったのだが、彼女は「用がある」とのことで取り合ってくれなかった。

仕方がないので、梨玉はひとり府城を散策することにする。

直前で詰め込んでも仕方がない――李青龍の言う通りだからだ。

繁華街の喧噪は英桑村の比ではない。春にしては強い日差しを浴びながら、梨玉は府城の往来をてくてくと歩いてゆく。

「人にして信無くんば、其の可なるを知らざるなり。大車に輗無く、小車に軏無くんば、其れ何を以て之を行らんや――」

『論語』のうちで信について述べられている箇所を諳んじる。

そんなことをしても意味はない。童生にできるのは、試験官の思惑を推測することではない。与えられた問題に粉骨砕身取り組むことだけなのだ。

だが、それでも考えずにはおけない。

此度の試験、普通ではない。

自分のような人間に乗り越えられるのか否か。

「ううう！　分からない！　小雪は何を考えてるの～！」

梨玉は袖を揺らして地団太を踏んだ。

雪蓮が余裕綽々としていられる理由が分からない。

普通の受験生ならば焦って然るべきだろうに。

「――おい小娘！　ぼけっとしてるな！」

「きゃっ」

身に衝撃が伝わる。梨玉は踏ん張ることもできずに地に倒れ込んでしまった。見上げれば、酔っ払った男が歩き去っていくところだった。往来のど真ん中で突っ立っていれば、こうやって轢かれるのも無理ないことだ。

（あれ？　あの人って……）

酔漢の後ろ姿には見覚えがあった。

梨玉とて府試を突破した才子である。その並外れた記憶力によれば、あの男は、先ほどの王視遠の講義に出席していたはずだった。

ということは、梨玉と同じく童生なのだろうか。

不審に思って酔漢の後ろ姿を観察していると、視界を遮るように青色の布がひらりと舞った。梨玉の前に誰かが躍り出たのである。

「大丈夫⁉　怪我とかない……⁉」

「え？」

鼻先に手を差し伸べられて固まってしまった。

何気なく手の主を見上げる。

そこに立っていたのは、ちょっとびっくりするほど器量のいい女の子だった。

春風になびく艶やかな黒髪。着物は華やかな青色の襦裙。白磁のように白い肌には化粧が施され、目元に若干の朱が差している。その大きく見開かれた瞳が、梨玉のことを心配そうに見つめていた。

「あ、だいじょぶです……ちょっと転んだだけだから」

「よかったあ！　もしかしてお上りさんかな？　このあたりは人通りがすごいから、物思いに耽るには向いてないよ」

女の子は梨玉の手を握って引っ張り上げてくれた。

梨玉の着物についた砂埃を払ってくれ、屈託ない笑みを浮かべる。

「あとこれ、服の内側から落ちたよ？」

「あ、私の財布！　ありがとう！」

梨玉は慌てて財布を受け取った。中身も無事のようである。ともすれば気づかずに去っていた可能性もあるから、彼女には感謝してもしきれなかった。

しかし、この子は何者なのだろうか。

ただの町娘とは思えぬ風格を備えているが――

「――じゃあ、私はこれで」

「待って！」

去ろうとする少女を、梨玉は慌てて引き留めた。

何故かそうするべきだと思った。

「お礼をしたいの！　どこかでお茶でもいかが？」

□

雪蓮は会館でぼうっとしていた。

寝ているのではない。思考を働かせているのである。

王視遠の繰り出した異常な試験方式は、無垢な童生に焦りをもたらしたに違いない。この会館には多くの童生が寝泊まりしているが、先ほどから慌ただしく駆け巡る足音が絶えなかった。

梨玉は「私たちもあと一人見つけなくちゃ！」と切羽詰まっている。

李青龍は「他の童生たちの動向をさらうよ」と姿を消した。

雪蓮としては焦っても仕方がないと思っている。

向こうから近づいてきた者と手を組むなど言語道断だ。梨玉には「余った者と組めばよい」と適当なことを言っておいたが、実はそれでも駄目なのである。伍のメンバーはじっくり吟味しなければならない。

あの試験官の企みが分かるまでは。

「雷雪蓮はいるか」

「ん」

部屋の戸を叩く音が聞こえた。

気配を探る。人数は一人だ。何かあっても問題なく対処できる。

警戒しながら出ると、官服を身にまとった男が立っていた。

「なんだ、いるじゃないか。いるなら早く返事をしろ」

「すみません。僕に何かご用ですか」

「王視遠学政がお呼びだ。すぐに身支度を整えて来るように」

□

「私は耿梨玉！　あなたのお名前は何ていうの？」

「え？　ああ、えっと、夏……」

「夏？」

「間違えた、照だよ！　李照っていうの」

「照！　よろしくね」

「うん、よろしく梨玉！」

　梨玉を助けてくれた少女、李照は、何かを取り繕うように笑って言った。わずかに怪しいものを感じたが、梨玉は特に気にすることもなく笑みを返した。

　場所は府城の片隅にたたずむ喫茶店である。

　茶請けの棗を齧りながら、梨玉は興味深く李照の形を観察した。

「すごい華やかだねえ。照ってどこかのお姫様だったりするの？」

「違うよ、こういう恰好が好きなだけ。そういう梨玉だって、とっても華やかな服を着ているじゃない？」

「そうかな？　これはお姉ちゃんの服なんだけど……」

「とってもお洒落よ！　この辺りの女の子の中でもずば抜けてるもん」

ぎくっとした。梨玉は男として通っているのだ。さすがにこれは訂正しておかねば障りがある。

「えーと。ごめん。私って男なんだ……」

李照は目をしばたたいた。

「何の冗談？　梨玉は可愛い女の子じゃない」

「本当なの。私は院試を受けにきた童生だから。府試の合格証書もあるし……」

耿梨玉と書かれた証書を取り出して見せてやった。

科挙は男しか受けることができないため、この証書を所持している時点で性別が確定するのだ。李照は何度も瞬きして確認していたが、やがてそれが本物であることを悟ると、突如として断末魔のような悲鳴を上げた。

「――嘘⁉　じゃあ、それは女装ってこと⁉」

「あはは－。そういうことになるねえ」

「あ、有り得ない。こんなに可愛い男の子がいるなんて……」

ぷるぷると震える指で梨玉の肩をつつく。

あまり触られると身体の凹凸がバレるのでやめてほしかった。

梨玉はそこはかとない罪悪感を覚え、李照から視線を逸らしてしまう。

「ねえ梨玉、何でそんな恰好を……？」

「趣味かな？　あとはまあ、それなりに事情があって」

「ふーむ……」

李照は珍しい動物を見るような目で梨玉を見つめてきた。

この恰好は梨玉のポリシーみたいなものだ。にっちもさっちもいかなくなるまでは、何としてでも貫き通したいと思っている。

だが李照は、至極当然の指摘を加えてきた。

「でもそれじゃ、あらぬ疑いをかけられるんじゃない？」

「え？　どんな？」

「女だって間違われちゃうでしょ？　色々と面倒なことがあるんじゃないかなーって思うんだけど」

「ああ……」

確かにそうだ。

県試ではたちの悪い童生に絡まれた挙句、殺人事件の犯人呼ばわりされてしまった。雪蓮からも「もう少し男らしくしたらどうだ」と苦言を呈されている。疑われるごとに府試の合格証書や戸籍の写しを見せるのも面倒だ。

「男装もいいと思うよー？　男装っていうか、普通の姿に戻るってことだけど。梨玉ってば可愛いから、そういう服装も似合うと思うんだけどなあ」

「そ、そうだね。考えておくよ」

「あと最近、軍がうろついているから注意してね」

　途端に李照は声を潜めて言った。

「軍？　戦いでも始まるの？」

「よく分からないけれど、消えた公主を捜してるんだって。最近はだんだん見境がなくなってきたみたいで、見目麗しい女の子を見つけては、役所に引きずり込んで徹底的に調査してるみたい。私も一度だけ連行されかけたことがあるの」

「ええ!?　そんなのアリなの!?」

「大事な院試の時期なのに、連れていかれたら大変でしょ？　何か事情があるのは分かるけれど、もうちょっと目立たない恰好をしたほうがいいんじゃないかなーって」

　梨玉はお茶を飲みながら黙考する。

　女の恰好のままでは、やはり無理があるのか。

　李照がにわかに立ち上がって言った。

「ま、挙人だの進士だのになる人は考えていることが違うって言うしね。忘れて忘れて、やっぱり梨玉はそのまんまが素敵だよ。とっても似合ってるし」

「そう言われると迷いが出てくるような……」

「大丈夫だって。今日はお茶に誘ってくれて楽しかったよ、ありがとね」

「あれ？　照、もう行くの？」

「うん。これからちょっと用事があるんだ」

元はと言えば、梨玉が無理を言って付き合わせたのである。そういうことなら引き留められる道理もなかった。

李照は二、三歩前に出ると、くるりと振り返って笑うのだ。

「またお話ししようね、梨玉！」

□

夕暮れの時分、梨玉が会館に戻ってきた。

着ていた袍(ほう)を畳んで寝台に置くと、何やらもどかしい表情を浮かべて腕を組む。かと思えば、足を組んだりあぐらをかいたり、果ては寝台に寝転がって「大」の字にのけぞったりする。

「ねえ小雪(こゆき)、この仕草って男の人っぽい？」

「どうしたんだ急に」

「あのね……」

梨玉は神妙な面持ちで奇行の原因を説明した。

李照という少女に出会ったこと。科挙を受けるなら男らしく振る舞ったほうがいいと指摘されたこと。さらには役人どもが消えた公主をなりふり構わずに捜索していること。

すべて聞き終えた雪蓮(せつれん)は、極めて適当に締めくくった。

「せめて服装だけは替えたほうがいいかもな。万全を期するならば」

梨玉が目立てば目立つほど、雪蓮の性別が露見するリスクは低下する。それを考慮するなら女らしい恰好をしてくれたほうが得なのだが、しかし、今回の試験は伍によるチーム戦だ。梨玉に何かあれば、雪蓮にまで飛び火する可能性があった。

「もう！　こっちは真剣に聞いてるのに！」

「好きにすれば？」

「戸籍台帳の写しだけじゃまずいかな？」

梨玉が不満そうに頬を膨らませて言う。

「場合による」

「ちなみに小雪の戸籍ってどうなってるの？　私は役所の役人さんが遠い親戚だから、なんとかして男に変えてもらったの」

それは犯罪である。雪蓮は溜息を吐いて言った。

「僕のはもともと男になってるよ」

「ええ？　生まれた時から嘘吐いてるってこと？」

「どうでもいいだろう。……まあ、梨玉はそのままの恰好でいい。何かあったら僕が何とかする」

「小雪……！　やっぱり小雪は小雪だねっ」

「わあ！　だから馴れ馴れしくひっつくな！」

犬のようにじゃれてくる梨玉を必死で押しとどめる。

その時、部屋の戸が許可もなく開いた。

「雪蓮殿！　外で騒ぎが起こっているようなんだが……」

李青龍だった。

しかしその言葉は、雪蓮と梨玉が絡み合っているのを見た途端に止まってしまった。彼はわざとらしい咳払いをしてから言った。

「またも邪魔してしまったようだね。私は退散するのでごゆるりと……」

「行くな青龍！　騒ぎっていうのは何なんだ!?」

「小雪、何でそんな必死なの？」

面倒な勘違いをされたくないからだ。

泡を食って引き留めると、李青龍は困ったように言った。

「……いや、騒ぎというほど大袈裟でもないが、いやな現場を目撃してしまってね。童生同士で揉め事が起きているようなんだ」

□

「はっ、こっちはもう四人揃ってんだ！　お前みたいなへなちょこが入る余地なんざ、とうになくなってるんだよ！」

「あっ……」

男が声を張り上げ、拳を振るった。

振るわれたほうは、短い悲鳴をあげて砂の上に突っ伏した。

試院の中庭でたむろしていたのは、五人ばかりの童生である。おそらく伍を組んでいるであろう四人組と、それに何事か縋りついている少年だった。

「ごめんなさい。ごめんなさい。他に頼める人が見つからなくて……ごめんなさい」

「知るか！　だいたい、院試はお前みたいな下賤な人間が受けるものではないんだよ。さっさと荷物をまとめて帰りな」

「できません。僕は……」

「口答えするな！」

男たちは躍起になって少年を足蹴にしていた。下卑た笑い声がこだまする。府試を突破した立派な童生であろうに、やはり手のつけようもないぼんくらはいるものだ。

「何やってるの！　その人から離れてよ！」

どうしたものかと思案していると、すぐ隣から甲高い声が聞こえてきた。雪蓮も李青龍も止める隙はなかった。正義感に駆られた梨玉が、後先考えずに童生たちのもとへ突っ走っていたのだ。

四対の目が、ぎろりと梨玉を捉えた。

「何だ、女が俺に何の用だ」

「私は男だよ！　とにかく暴力はやめて」

「はあ……？」

一瞬呆けた後、爆笑が中庭に響いた。

「笑わせやがる！　なあお前ら、聞いたか⁉　このお嬢さんは男を自称した挙句、俺たちのことを暴漢呼ばわりだ！　世迷言も度を過ぎれば反吐が出るぜ！」

「暴力を振るってるんだからそうでしょ？　だいたい私は男だよ、お嬢さんじゃない。院試を受けに来たんだから」

「……おい、あんまり冗談言ってると承知しねえぞ」

そう言って凄んだのは、おそらく伍の頭目を務めている男だ。

絹で編まれた上質な衣に身を包み、炯々とした目でこちらを睥睨している。恰幅に恵まれ、食うに困っていないことがありありと分かった。端的に言うならば、良家のどら息子といった風体である。

もはや衝突は避けられないようだった。

雪蓮と李青龍は、梨玉に加勢するべく彼らのもとへ駆け寄る。

「梨玉が男だっていうのは本当だよ。それよりあんた、こんなところで弱い者いじめはよくないぞ」

「ああ？　何だてめえら」

「僕は受験者の雷雪蓮だ。……胥吏に見つかったら叱られるぞ」

「馬鹿を言うな、最初に突っかかってきたのはこいつのほうだぜ。こっちはもう定員だってのに、仲間にしろ仲間にしろって五月蠅くて敵わん」

雪蓮は倒れている少年に目をやった。

否——少年かと思い込んでいたが、その涙のにじんだかんばせは、可憐な少女のように見えた。背丈も筋肉もそれほどないため、十人いたら七、八人が女性と答えるはずである。

だが伍のメンバーを求めていたということは、此度の院試の受験者——すなわち男に他ならないのだ。梨玉や雪蓮のように性別を偽っているのか、元からこういう顔つきなのかは判然としなかった。

李青龍が前に出て言った。

「きみ、卓南県の王凱だろう？　ご高名はかねがね聞いているよ」

「はっ、よく知ってるじゃねえか。だったら俺に突っかかってくるんじゃねえ。うちは三代にわたって進士が輩出した家系だ、お前たちとは端っから身分が違うんだよ。馬鹿どもは黙っていやがれ」

「その通りだ。こちらの非礼は詫びるから、今日のところは穏便に——」

「あーっ！　あなた、さっき私にぶつかってきた酔っ払いだ!?」

梨玉が目を丸くして王凱を指差した。

わけが分からぬが、事態の収拾が困難になったのは明らかだった。

李青龍が慌てた。

「すまんが梨玉殿、できれば口を噤んでほしいのだが」

「昼間っからお酒を飲み歩いた挙句、他の童生をいじめるなんて問題外だよ！　学政さまが知ったら、あなたなんて一発で不合格になっちゃうんだから！」

「梨玉殿！　噤んでほしいのだが！」

「何だと？　誰に向かって口を利いていると思ってるんだ？」

「卑怯者と話しているのっ！」

李青龍が石のように固まった。思考を放棄したらしい。

王凱が鬼のように眦を吊り上げて怒鳴る。

「この小娘が!!　卓南王家の嫡男に向かって何たる不遜だ!!」

「そんなことは関係ないでしょ!?　進士にならんとするなら、拳じゃなくて言葉で語るべきだと思わない!?　あなたのやっていることは禽獣と同じ!!　卓南王家の家族もきっと泣いてるよ、駄目駄目な跡継ぎだって――」

「お前に何が分かるというのだ!!」

王凱が拳を振りかぶった。

しかし梨玉は避ける気配もない。

雪蓮はその場からわずかに踏み出すと――

「やめろ」

素手で拳を受け止めていた。

まさか防がれるとは思わなかったのか、王凱はもちろん、取り巻きの三人、伏している少女のような童生、梨玉や李青龍までもが目を丸くして言葉を失った。

硬質な静寂の中、雪蓮は静かに告げる。

「やるなら院試の結果で競い合うべきだ。僕たちは文官を目指しているんだぞ」

「何を……」

王凱が何事か反駁しようとした時、にわかに周囲が騒がしくなった。争いを聞きつけた童生や役人たちが、大挙して押し寄せたのである。さすがにこのまま横暴を働くこともできないため、王凱は露骨に舌打ちをすると、拳を引っ込めて踵を返した。

その際、雪蓮や梨玉のことを睨んでおくことも忘れない。

「覚えていろよ。その浅慮を後悔させてやる」

「お手柔らかに頼む」

王凱は仲間を引き連れて去っていった。

その後ろ姿を見つめながら、雪蓮は静かに思考する。

（排除するか。それとも――）

□

「いやあ、さすが雪蓮殿だ！　あの王凱相手に一歩も退かないとは！　ひょろっとした印象とは打って武神さながらの気迫、惚れ惚れするほどの豪胆だよ」

「でしょ⁉　小雪はすごいんだよ、天下無双の万夫不当で一騎当千なんだから！」

李青龍と梨玉が雪蓮の敢闘を褒め称えていた。

場所は試院の会館、食堂である。

微妙な時間帯のためか、雪蓮たちの他には人影はなかった。

雪蓮は思わず溜息を吐く。

「あのな梨玉。あんたが余計なことを言わなければ争いになることもなかったんだ。正義感を発露させるのは立派だが、もうちょっと思慮深い行動を心がけてくれ」

「えー？　でも弱い者いじめしてたんだよ？　黙っていたら負けだよ、負け」

「それはそうかもしれないが……」

「まあまあ雪蓮殿、皆が無事だったのだからよいじゃないか」

李青龍が笑って雪蓮を宥めた。

これが無事と言えるのだろうか。王凱は明らかに執念深い性質に見えたから、後々復讐してくるに決まっているのだ。この禍根は断ち切っておかねばならない。

（それに……）

雪蓮はちらと斜め前を見やった。

葬式のような面で黙り込んでいるのは、世にも可憐な少女――にしか見えない少年である。先ほど王凱にいじめられていた童生だ。

彼は雪蓮の視線に気づくと、慌てて居住まいを正した。

「ご、ごめんなさい。僕のせいでこんなことに……」

「いいんだよ！　それよりも怪我は大丈夫？」

「はい。それは大丈夫ですけど」

細い指、白い肌、薄幸そうな表情は庇護欲をそそられた。

こういう少年がいると知ると、必死に男装するのが阿呆らしく思えてくる。

李青龍が興味深そうに少年を見つめて言った。

「きみは院試を受験する予定なんだよな？　それにしては少女然としているが……最近はそういうのが流行っているのか？」

「流行っているはずがない。たまたまそういう顔立ちのだけだろ」

「流行ってるんだよっ！　ちなみに私は耿梨玉っていうの。こっちが小雪――じゃなくて雷雪蓮、そんでこっちが李青龍さん。同じ童生同士、仲良くしようね！」

梨玉が太陽のように微笑みかける。

少年は少し迷ってから口を開いた。

「……僕は欧陽冉といいます。助けていただきありがとうございました」

「ねえ、まだ組む人が見つからないの？」

「へ？　あ、え、は、はい。すでにほとんどの童生は伍を作っちゃいました。僕は余り物だったんです。でも王凱さんが、お金を払えば何とかしてくれるって言うから……払ったんですけど、何故か、あんなことになっちゃって……」

欧陽冉は目に涙を溜めて黙り込んでしまった。

つまるところ、王凱はろくでもない悪党だったというわけだ。

梨玉が立ち上がって言った。

「ひどい！　ひどいよ！　どう考えても君子ならざる行いだよ！」

「しょうがないんです。僕は間抜けですから」

「そんなことない！　ねえ小雪、冉くんをうちの伍に入れてもいいよね⁉」

欧陽冉がハッとして顔を上げた。

その瞳に宿っているのは紛れもない希望だ。

だが。しかし。果たしてその選択は正しいのかどうか——

「いいんじゃないか、雪蓮殿。他の童生たちが伍をほとんど作り終えているのは本当さ。これまで十四人の童生が我々に誘いをかけてきたが、きみはその悉くを退けているじゃあないか。これでは明日の早朝に間に合わなくなってしまう」

「ふむ……」

「ねえ、何だって小雪はたくさん断ったの？　頭のよさそうな人もいたでしょ？」

「こちらから選びたい。寄ってくる者は信用ならない」

「しかしだね雪蓮殿、その選択肢もすでになくなりかけているんだ。そろそろ腹を決めたほうがいいと私は思うが」

李青龍の言うことにも一理あった。

いずれにせよ、そろそろ頃合いだろう。

雪蓮は欧陽冉をまっすぐ見据えると、いつものごとく淡々と言った。

「では欧陽冉、よろしく頼む。一緒に合格できるように頑張ろう」

「は、はいっ！　雪蓮さん……！」

欧陽冉は、顔を真っ赤にして微笑んだ。

神でも見るような目を向けられ、雪蓮は居心地が悪くなって身じろぎをする。

そういう尊敬の視線は、誘った張本人である梨玉に向ければいいのに。

「ちなみに冉殿、府試は第何等の成績で合格したんだい？」

「えっと……七番でした……」

「七番⁉　すごいよ小雪、冉くんなら心配いらないね！」

欧陽冉は、府試の合格証書をもったいぶらずに見せてくれた。そこには確かに七等の成績で通過したことが証されている。王凱が彼を門前払いした理由は、おそらくそれ以上の猛者をすでに揃えていたからだ。

（まあ、いずれにせよ院試の準備は完了か）

あとは明日からの問題に備えるだけだ。

梨玉はさておき、李青龍もそれなりに優秀だったと記憶している。

普通に考えれば、雪蓮の伍が敗北する要素はないと思われるが――

科挙試験は、やってみなければ分からない。

事実、雪蓮たちは明日の頭場にて度肝を抜かれることになるのだ。

□

百六十人の童生は四十の伍に分けられ、それぞれ識別のために名称が付与されることになった。雷雪蓮、耿梨玉、李青龍、欧陽冉の四人組は、〝丙三〟である。

喧噪を極める試院の大門を潜ると、例によって身体検査が行われた。

ここで性別を看破されたら終わりなのだが、係員たちは、雪蓮の服をぽんぽんと義務的に叩き、その正体に気づくこともなく流してしまった。まさか女が紛れ込んでいるとはつゆほども思っていないのだ。さすがに梨玉の時には不審そうに首を傾げたが、カンニング用の道具が出てこないことを知ると、特に詮索することもなく入場の許可を出した。

「全然気づかれないんだな……」

「えへへ。実は青龍さんに言われて策を講じたんだ」

そういえば昼食の時にそんな会話をしていた記憶があった。

梨玉が言うにはこうである。

女物の服を着ていたら疑いは避けられない。そこで梨玉は一昨日、姉の形見である襦裙に手紙と戸籍台帳の写しを添えて府に送りつけておいたそうだ。

曰く——亡き姉から授かった襦裙を着て科挙登第することは、一族の大願である。珍奇な恰好になるのは百も承知だが、一族を思えばこその行動なのである。そこで試験官のお歴々には、私に孝を尽くさせていただくご許可を下していただきたい。

これを聞いた学政・王視遠は、何たる孝行息子だと感激して許したらしい。服をいったん府に預け、試験が始まる前に受け取って着替えれば、不正を仕込む余地もない。こうして梨玉はまんまと身体検査を突破するに至ったのである。

ろくでもない話だ。

が、今回は喜んでおかねばならない。

梨玉が脱落すれば、雪蓮が合格できる見込みはなくなるのだから。

答案用紙を受け取った後、それぞれ伍のメンバーで固まって試験開始を待つことになった。雪蓮の右隣には梨玉、その前には欧陽冉、その左隣には李青龍が座っている。

「——さて、それでは試験開始です。頑張ってくださいね」

日が昇る頃、王視遠の訓示が終わると、ついに院試の頭場が開幕した。

童生たちはいつになく真剣な面持ちで筆を執った。これが学校試における最終試験だから——というのも無論あるが、院試の形式があまりにも常識外れだから、何か得体の知れない恐怖を抱いているのだ。試院の会場が、重く張りつめた空気へと変化していく。

間もなく係員が榜を持って巡回を始めた。

そこに書かれている第一問は——

民○無くんば立たず
○に入る字を答えよ

（……何だこれ？）

雪蓮は面食らってしまった。他の童生たちも何事かとどよめく。しかし、おしゃべりは説話という不正行為にあたるから、すぐに押し黙って筆を動かし始めた。

困惑が波及していくのも無理はない。

問題が簡単すぎるのだ。これでは習い始めの子供ですら即座に答えることができる。ましてやこの文句は王視遠が講義の際にことさら強調したものであるから、分からない童生は一人もいないだろう。

もしや筆跡の流麗さを測るつもりなのだろうか。それだとしたら答えが〝信〟の一字であるのは不自然に思える。いったい王視遠は何を考えているのか——

（不気味だ）

隣の梨玉が得意になって筆を走らせているのを横目に、雪蓮は学政の思考を読もうとする。しかしその甲斐もなく時間はどんどん過ぎていった。一問目、二問目、三問目——これまた形式外れなことに、日が暮れるまで三十もの出題がなされた。

そのいずれもが、児戯にも等しい穴埋め問題である。

結局、雪蓮は、王視遠の考えを読み切れぬまま頭場を終えてしまった。

□

結果は一日を置いて発表されることになっている。

が、あっという間にその日は来てしまった。

雪蓮を始めとした丙三のメンバーは、連れ立って試院の中庭に向かっていた。辺りは結果発表を待つ童生たちであふれ、常ならぬ熱気が充溢している。

「——もう！　小雪、大丈夫だって！」

梨玉が笑顔で雪蓮の肩を叩く。

「何を心配しているのか知らないけれど、すごく簡単だったじゃん。もし小雪が間違っていたとしても、私が大量得点しているから大丈夫だよ！」

「いや。僕はそのことを心配しているんじゃない」

「じゃあ何で暗い顔してるの？　昨日っからどんよりしているよね」

「雪蓮殿の杞憂も分かるな」

李青龍が腕を組んで言った。

「あれでは問題が簡単すぎる。全問正解して当然だから、差はつかないだろうね。いったい学政殿は何を考えているのやら……」

「え？　あれって全問正解して当然なの……？」

「そりゃそうだろ。ただの穴埋めだったんだから」

「あはは……危なかった……」

梨玉は引き攣った笑みを浮かべていた。怖いので詳細は聞きたくない。

欧陽冉がおずおずと手を挙げて言った。

「小手調べ……なんじゃないですか？　院試のやり方が変わったから、最初くらいは簡単なものにしてあげようっていう温情なのかも」

「それならいいんだが……」

雪蓮もそれくらいしか思いつかなかった。

これ以上考えても仕方がないから、まずは結果を確認することにした。

通達によれば、今回の試験は世にも珍しい点数方式らしい。

頭場においては一問につき一点。三十問かける四人だから、伍の最高得点は百二十点となる。ただしあの平易な問題からすれば、ほとんどの伍が百二十点を取ることは想像に難くない。つまりこれは、絶対に落としてはならない点なのである。

ふと、人込みの中に王凱の姿を見つけた。

王凱はこちらに気がつくと、獣のように歯を見せて笑う。

（何だあいつは……）

嫌なものを感じて立ち止まる。

その時、係員たちが結果の書かれた榜を持ってきた。

童生たちは我先にと殺到する。

梨玉や雪蓮も負けじと榜に向かった。

にわかに歓声があがる。

榜に刻まれていたのは、ずらりと並んだ「第一等」の文字。

同点の百二十点ばかりなのだから当然のことだった。

雪蓮は目を細くして榜を眺めた。

甲一、甲二、甲三、

「あれ？　丙三が書いてなくない？」

梨玉が不審そうに声をあげた。

甲四、乙一、乙二、乙三、

「いや違う。これは……」

李青龍が戦慄して呟く。

乙四、丙一、丙二――そこまで読んだところで雪蓮は、心臓を素手でつかまれたような気分になった。

丙三がない。

飛ばされて丙四が第一等になっている。

まさか、梨玉が問題を一つか二つ間違えたのだろうか。

逸る気持ちを抑えつけて榜を凝視する。数点失ったくらいは何でもない。最終的な合否は五回の試験の成績を合算して判断されるから、この後の二場、三場で挽回すればいいだけのことなのだ。

だが、雪蓮はついに愕然とすることになった。

頭場の結果が、想定の埒外だったからである。

曰く——

第一等　甲一　得点百二十
第一等　甲二　得点百二十
第一等　甲三　得点百二十
第一等　甲四　得点百二十
第一等　乙一　得点百二十
…
第一等　癸三　得点百二十
第一等　癸四　得点百二十
第三十八等　辛四　得点百十九
第三十八等　壬二　得点百十九
第四十等　丙三　得点九十

□

丙三の四人で緊急の会議が行われることになった。

会館の食堂に集まった雪蓮、梨玉、李青龍、欧陽冉の四人の間には、何とも言い難い気まずい空気が流れている。

「九十点とは珍妙な話だな。丸ごと一人ぶんの点数が抜け落ちてしまったかのようだ。いずれにせよ我々丙三組は、他の伍の後塵を拝することになってしまった。これはまずい事態だと思わないかい、梨玉殿」

李青龍がほとほと困り果てたように腕を組んだ。

梨玉が「大丈夫！」と空元気じみた声を出す。

「まだ二場、三場ってあるでしょ？　次で取り返せば問題ないよ！」

雪蓮は溜息を吐く。

「二場以降の配点がどうなるか分からないだろ。あるいは頭場のように平易な問題ばかりだったら、差をつけることもできずに不合格の烙印を押される」

「ちなみに院試に合格できるのって何人くらい……？」

「さあな。院試は入学試験だから、学校の定員によるんじゃないか」

「全体の三割程度——だいたい五十人だね。成績優秀な者から太学、府学、県学の順に割り振られるらしいが、五十というのはこれをすべてひっくるめた数字だ」

五十。上位半数に入れるかも疑わしい状況なのに。

梨玉の口から漏れたのは、盛大な溜息だ。

「何でこんなことになっちゃったのかなあ？　私、今回の試験には自信があったんだけど……」

「私も問題を間違えた覚えはないね。あれに躓いているようでは、進士になるなど土台無理な話だよ。四書五経が頭から抜け落ちているとしか思えない」

自然、話の流れが行き着くのは原因究明だ。

梨玉と李青龍の言葉を聞き流しつつ、雪蓮は依然として畏まっている欧陽冉に視線を向けた。顔面蒼白。病に侵されているのかと見紛うほど顔色が優れない。

「欧陽冉。あんた、何か知っているんじゃないか」

欧陽冉は可哀想なくらいに慌てた。

「い、いえ、僕は、そんな……」

「梨玉も青龍も満点の手応えだそうだ。もちろん僕も間違えた覚えはない。となれば、必然的に怪しいのはあんたということになる。そもそもごっそり三十点、一人ぶんの点数が失われているのも変な話だ。何か不正でもやらかして――」

「もう小雪！　仲間を疑うのはよくないよ！」

梨玉が眉を八の字にして見つめてきた。

「冉くんが何かをやった証拠なんてないでしょ？　私や小雪が知らないうちに間違っていたのかもしれないし」

「いや、そうは言ってもな……」

「信だよ信！　学政さまも言ってたでしょ。この試験を突破するには、伍の信頼関係が大事なんだよ。こんなふうに犯人捜しをしても仕方がないったら。私が言い出したのが悪かったけれど、次の試験について考えたほうが有意義だと思うな」

梨玉の言うことには一理ある。

不和が生じれば試験に支障をきたすかもしれなかった。

李青龍が湯飲みに口をつけてから言った。

「しかし冉殿、一つだけ確認しておきたい。疑っているわけではないが、頭場の試験はどんな手応えだったのだい？」

「それは、えっと、その、たぶん、僕も満点だったと思います」

欧陽冉は今にも消え入りそうだ。

それで満足したのか、李青龍は「ならばよし」と頷いた。

雪蓮も建前上は納得しておいたが、何か隠し事があることは明白だった。

欧陽冉の背景を洗ってみる必要があるかもしれない。

そう決意した矢先、雪蓮たちに近づいてくる者の気配があった。

「最下位だったそうじゃないか、馬鹿ども」

「！」

王凱とその取り巻きたちが、勝ち誇りの笑みを浮かべて見下ろしていた。その悠然とした様子を見るに、彼らは難なく第一等に列せられたに違いない。

「……僕たちに何か用か？」

「いやなに、ちょっと様子を見に来てやったのさ。しかしまあ、何だあの成績は？　あれだけの大見得を切ったってのに、蓋を開けてみれば結果は第四十等！　しかも他の童生たちに大きく突き放されてのどんじりだ。やはり馬鹿は何をやっても馬鹿なんだな」

王凱は、ぽんぽん、と欧陽冉の肩を叩いた。

欧陽冉が悲鳴をあげて縮こまる。そのやり取りに違和感を覚えたが、雪蓮が言葉を発するよりも早く梨玉が叫んだ。

「はあ!?　そう言う王凱さんたちは何位なの!?　さぞやいい成績だったんだろうね!?」

だったに決まっている。丙三以外はほとんど第一等だったのだから。

李青龍が慌てて梨玉と王凱の間に割って入った。

「まあまあ、梨玉殿、あまり突っかかっても仕方があるまい。王凱殿も我々に構っていたら時間を無駄にしてしまうよ、お互い二場に向けて勉強をするのがよろしい」

「勉強だと？　そんなものは俺には必要ない」

王凱は当然のことのように言った。

「俺は卓南王家の嫡男だ。お前たちのような雑草とは、端から頭の出来が違うのよ。言うなれば鷽鳩と大鵬、俺のような者は内閣大学士になるべく生まれてきたのさ」

「何言ってんの……？」

「生まれの卑しい者に科挙登第は無理だと言っているのだ」

「わ、私だって官吏になろうと頑張ってるもん！　家族のために……」

王凱は鼻で笑う。

「……可哀想だなあ、どれだけ努力しても貴顕の者には敵わないのさ。現に結果が物語っているじゃないか。我々甲二組は難なく第一等を獲得したが、お前たちは立ち直れぬほどの成績だ。さっさと負けを認めて昨日の非礼を詫びたまえ」

「王凱。そういう問題じゃないだろ……」

「口答えをするんじゃない。雷雪蓮、お前も許さぬからな。ろくに道学も知らない分際で俺に盾突きやがって。お前に科挙なんざ似合わんよ、故郷の村に帰って畑でも耕していればいいのだ」

ごん、と、側頭部を拳で小突かれた。

この男はとことん根に持つタイプのようだ。言葉を尽くして反論してやってもよかったが、ここで目立った揉め事を起こせば、受験資格を剝奪される可能性も否定できない。となれば、いったん波風を立てない方向で収めるのが得策である。

雪蓮は李青龍に目配せをした。

彼はすぐさま頷いて言う。

「王凱殿、こちらが悪かった。どうかここは穏便に――」

「子曰く」

その場の全員がぎょっとして梨玉を見た。

北辰のような瞳が、まっすぐ王凱を捉えて離さなかった。

「君子は坦たらんとして蕩蕩たり。小人は長たらんとして戚戚たり――王凱さんは間違っているよ。まだ院試は始まったばかりだから、結果がどうなるかは分からないもん」

雪蓮は開いた口も塞がらない。

梨玉が引用したのは、『論語』述而篇の一節である。

意訳としては、君子は落ち着いていてゆったりとしているが、小人は他者に優ろうとしてこせこせしている――というものだ。もちろん君子は梨玉の、小人は王凱のたとえに他ならない。ようするに、恐るべきことだが、梨玉は孔子の言葉を借りることで王凱の振る舞いをストレートに非難したのである。

「ちょっ……梨玉殿っ!?」

李青龍が慌てた。まさか梨玉がこれほど痛快な返しをするとは。

だが、これまでの梨玉の振る舞いを鑑みれば、決しておかしな言動ではないのだ。

この少女の器は、本当に君子のように大きい。

ただ、正論を振りかざすタイミングがよく分かっていないだけだ。

「覚えていろ」

梨玉の言葉の意味を理解するや、王凱は真っ赤になって激憤すると、近くにあった椅子を蹴飛ばして去っていった。梨玉は最後まで一歩も退く姿勢を見せなかった。その泰然とした態度は立派だが、後々面倒ごとが起きるのは必至である。

「ど、どうするのだ梨玉殿。あれは復讐を企んでいる目だったぞ」

「関係ないよ。私たちは試験を頑張ればいいだけだもん。そうでしょ、小雪」

「まあそうだな。考えても仕方がない」

「よーし！　じゃあ、明日に向けてみんなで頑張ろう！」

やる気十分な梨玉。存外不安そうな李青龍。

そして残る一人、欧陽冉は――

羨望とも尊敬ともつかない眼差しを梨玉に向けている。

雪蓮は椅子に座り直すと、冷めてしまった湯を口に含んだ。

□

それから陰湿な嫌がらせが始まった。

たとえば雪蓮と梨玉は同じ部屋で寝泊まりしているのだが、夜半、雪蓮が厠から帰ってくると、扉の辺りに腐った魚や果物がぶちまけられていた。下手人は明らかに王凱率いる甲二の連中である。どうやらこちらの精神を切り崩すつもりのようだ。

李青龍や欧陽冉のところにも魔手は伸びたらしい。

李青龍はお気に入りの袖珍本に墨をかけられ、欧陽冉は何度も足を引っかけられて転んだそうだ。まさに小人といった仕打ちだが、これを受けても梨玉は頑として己の芯を貫いていた。

「試験で勝つ。そうすれば王凱さんも分かってくれるはずだから」

呆れたことに、梨玉は王凱と和解するつもりでいるらしい。どこまでも孟子の性善説を信奉しているようだ。実現できれば徳の至りと言うべきだが、あの愚物に梨玉の真摯な思いを受け止める度量があるとは思えなかった。

いずれにせよ、やるべきことは試験である。

翌朝、試院の会場に集められた童生たちは、通常通りの日程で二場を受けることになった。雪蓮をはじめとした丙三組の面々も着席して筆を執る。どんな問題が出るのか不安に思っている者も多かったろうが、係員が問題の書かれた榜を掲げた途端、会場に緊張が走っていくのが分かった。

西儀には様々な思想が花開いたが、国是として称揚されるに至ったのは儒家ただ一系に限られ、鄭の武帝が科挙制度の開始とともに儒を重んずるや、以後千余年、これが至上の学問として重んじられた。しかし近年、興化・炎鳳・光乾年間には、失われた諸子の学問の再研究が進んでいる。その功罪を歴史的経緯も勘案して簡潔に述べよ。

（標準程度か……）

やはり頭場の試験は小手調べだったに違いない。このレベルの問題が続くならば、二場では各伍の点数に差が開くはずである。

案の定、その後の第二問、第三問も同様のレベルだった。

隣で唸っている梨玉を横目に、雪蓮はすらすらと回答していった。

問題は、丙三組の合計得点がどうなるかだ。

そして結局、雪蓮が想像していた通りの結果となった。

□

第一等　甲二　得点百十五

第二等　己二　得点百十四

第三等　乙四　得点百十

第四等　庚四　得点百九

第五等　庚三　得点百八

…

第三十六等　癸三　得点八十九

第三十七等　壬二　得点八十七
第三十八等　戊一　得点八十六
第三十九等　丁四　得点八十五
第四十等　丙三　得点七十

「また最下位……!?」

梨玉が悲鳴じみた声を漏らした。

中庭に掲げられた榜には、惨憺たる二場の結果が記されていた。熱狂する童生たちに揉まれながら、雪蓮は冷静に状況を分析する。

二場の問題は三問、おそらくそれぞれ十点。すなわち二場における最高得点は、伍で考えると百二十点ということになる。これは頭場と同じだが、同じでないのは、問題のレベルがそれなりに難しかったという一点だ。これによって伍に差が生まれ、一気に試験としての様相を呈してきたのである。

が、またしても最下位とは何事だろうか。

得点七十。四で割れば、一人だいたい十七点。そんなことがあるだろうか。

雪蓮は隣で萎縮しきっている欧陽冉を見つめた。目が合うと、彼はびくりと身を震わせて顔を背ける。隠そうと思っても隠しきれない、正直な人間なのかもしれなかった。

「なあ、欧陽冉――」

「どうしよう小雪!?　しかも一等になったのって王凱さんの伍でしょ!?」

憔悴した梨玉に遮られる。

雪蓮は仕方なしに頷いた。

「そうだな。甲二は王凱の伍だ。本当に優秀だったとは驚きだ」

「変な嫌がらせをしてくるし、小雪のことを馬鹿にしたし、そのうえ試験で上をいかれるなんて我慢ならない！　次こそ頑張らなくちゃだよ！」

「うむ。それより欧陽冉――」

「雪蓮殿、梨玉殿！　大変なことになっているぞ」

今度は李青龍に遮られた。

雪蓮はムッとして李青龍を睨む。

「そんなことは分かっているよ。今その原因を突き止めようとしているんだ」

「そうじゃない。試験の結果も大事だが、梨玉殿のことを女だと吹聴して回っている輩がいるのだ」

李青龍が一枚の紙を差し出した。

そこにあったのは、『丙三組耿梨玉は女である』という文字。

梨玉が素っ頓狂な声をあげて飛び跳ねた。

「な、な、何これ!?　何でこんなデタラメを……!?」

「会館のいたるところに貼りつけてあったらしい。王凱の仕業に決まってるよ、やつは私れる可能性が高いからな」

たちを潰す気でいるのだ。梨玉殿が女だと認定されてしまえば、それで受験資格は剥奪される可能性が高いからな」

「私は男だよ……？」

「もちろん承知しているさ。梨玉殿は姉の形見を着て科挙試験に赴く孝行息子だ。それを王凱め、こんなふうに貶めるとは……！」

李青龍が忌々しそうに舌打ちをした。

梨玉が申し訳なさそうに視線を逸らす。

その時、人込みの中から件の王凱が近づいてくるのが見えた。

「おや！　馬鹿どもじゃないか！　わざわざ試験結果を確認しに来たのかい」

梨玉が眦を吊り上げて王凱に詰め寄った。

「王凱さん、これはどういうこと⁉」

彼女が指差しているのは、李青龍の持っている貼り紙だ。

「私は男だよっ！　勝手なことを書くのはやめてよね！」

「はっ、じゃあ証拠を見せてみろよ」

「ほら！　これ戸籍台帳の写し！」

「うるせえ‼」

王凱は梨玉の手から紙を奪い、びりびりに破いてしまった。

紙片がぱらぱらと地面に落ちる。これには唖然とするしかない。

王凱は低い声で囁いた。

「女の恰好をしているのが悪いんだよ。そういう不埒な輩は士大夫に相応しくない。お前のようなふざけた連中がのさばっているのを見ると、虫唾が走るんだ」

「い、いいでしょ別に！　科挙試験は誰でも受けることができるんだから……」

「だがお前らは最低の成績だ。この時点で進士になる資格なんてないのさ――おい諸君、見てくれ！　こいつはやっぱり女だ！　童生の中に紛れ込んでやがったのさ！」

「いたっ……」

王凱が梨玉の腕を引っ張り上げた。

雪蓮が止めるよりも早く、王凱は高らかに叫んだ。

「俺は今から学政さまに報告しに行こうと思っている！　そうすれば丙三組は終わりだ、競争相手が一組減って試験が楽になるぞ！」

最低だった。

あれこそ進士になる資格もない悪漢だ。

童生たちの興味深そうな視線が、つかまれて身動きのとれない梨玉に絡みついた。ひそひそとした話し声は、やがて巨大なさざめきとなって試院に波及していった。梨玉はみるみる青褪め、何も言えずに固まってしまっている。

雪蓮は怒りが湧いてくるのを感じた。

あのような無道を放置してはいけない。多少強引な手段を使ってでも王凱から梨玉を引き離さなければならない。努力している者を嘲笑うのは許せない。そして何より——梨玉は雪蓮が合格するための大事なピースなのだから。

「何事ですか。争いは君子のすることではありませんよ」

その場が一挙に静まり返った。

試院の建物から姿を現したのは、数人の係員を引き連れた学政・王視遠だった。童生たちはみな一様に硬直し、有り得べからざる人物の登場に息を呑んだ。

王視遠は右手で眼鏡の縁を撫でると、中庭をざっと見渡して言った。

「答案審査に不満があるのですか？　それなら直接私に申し出てください」

「いいえ、不満なんてとんでもありません！」

最初に我を取り戻したのは王凱だ。

梨玉の腕を放し、媚びへつらいの笑みを浮かべる。

「我々はこの者が性別を詐称して院試に臨んでいるのではないかと話し合っていたところなんです。見てくださいこの恰好、どう見ても女じゃありませんか。女が科挙を受けるなんてもってのほか、天の理に反することですよ」

「いいえ、耿梨玉は男です」

王視遠はぴしゃりと言い放った。

そうだ。梨玉は李青龍の入れ知恵で根回しをしておいたのだ。

「院試を受けているのですから、きちんと身分が保証された童生ですよ。女であるはずがないのです」

「しかし、学政さま……」

「あなたも分かっているはずです。天の理に反することを行う女性が存在しましょうか。私個人としては存在しても面白いかと思いますが、現実的ではありませんね」

　これには王凱も参ってしまったようだ。

　王視遠は、ぱんぱん、と手を打ち鳴らして言った。

「さあ、結果を見たのならば戻りなさい。明日は三場、院試も折り返しですよ。この苦難を乗り越えた者だけが生員になることができるのです」

　童生たちは大慌てで散っていった。

　王視遠も満足したようで、裾を揺らしながら去っていく。

　王凱はしばし呆然としていたが、やがて梨玉を睥睨して恨み言を吐いた。

「潰してやる。絶対に」

「そんなこと……きゃっ」

　王凱は梨玉に肩をぶつけて去っていった。

　雪蓮は急いで梨玉のもとへ駆け寄る。

「大丈夫か。怪我は……」

「ないよ。平気」

　梨玉の目尻は、涙で濡れそぼっていた。

それを見た瞬間、王凱に対する怒りが再び噴出してくるのを感じた。

梨玉が余人には及びもつかない心の強さを持っていることは確かだが、まだ十七歳なのだ。大の男に遠慮のない暴力を振るわれれば、怖いに決まっていた。

王凱はすでに建物の角を曲がって姿を消している。

李青龍が、いつになく険しい顔で言った。

「雪蓮殿。あれは放ってはおけないな」

「……そうだな。こちらから潰さなければならん」

「あの、喧嘩は駄目だよ……？　あくまで院試の席次での勝負なんだから」

「分かっているさ」

梨玉のまっすぐな指摘を受け、雪蓮はしばらく黙考した。

やつを亡き者にするのは簡単だが、それによって院試が中止になってしまったら元も子もない。院試は県試などとは違い、試験のスケジュールが一定でないのだ。下手をすれば次は数年後、ということにもなりかねない。

それに、ここまで因縁を吹っかけられれば、鼻を明かしてやらねば気が済まなかった。

(だがその前に試験だ。獅子身中の虫を何とかしなければ)

背後でおどおどしている少年——欧陽冉。

雪蓮は密かに拳を握ると、すべてを解決するためのプランを考え始める。

□

王凱は苛立ちの極致にあった。

試院を出て府城の大通りをしばらく歩くと、寝泊まりしている宿が見えてくる。釉薬塗りの瓦で葺かれた貴人用の旅籠だ。普通、童生は試院に併設された会館に宿泊することになるが、特に強制というわけではない。王凱は他の童生にまじるのを潔しとしなかった。

「凱さま、お帰りなさいませ」

故郷から付き従っている下男が出迎えた。

苛々していた王凱は、返事もせずに下男を突き飛ばした。

壁に背中を打ちつけ、どん、という鈍い音が耳朶を打った。

「な、何をなさるのです。何か粗相がありましたでしょうか……」

「五月蠅い！　目障りだ、お前はどこかへ行っていろ！」

下男は何度も謝りながら去っていった。

王凱は自室に踏み入ると、茣蓙の上にどっかりと腰かける。

食い散らかした食べ物の残りカス。

無造作に積まれてぐしゃぐしゃになった書物の山。

見るだに気の滅入る光景だが、それを疎ましいと思う余裕すら王凱にはなかった。

「くそ。くそ。くそ……」

王凱は机に突っ伏して呪詛のように呟く。

目を瞑ると、これまでの軌跡が立ち現れては消えていった。

卓南王家は地元でも有数の名家だった。王凱は雪蓮や梨玉に対し、三代にわたって進士が輩出していると豪語したが、実際はそれのみに止まらない。その家祖は紅玲国を樹立した太祖豊熙帝・夏宗仁に従った功臣、王純という歴戦の武将なのである。ゆえに卓南王家は紅玲国でも高貴な家系として一目置かれ、その嫡流たる王凱は、幼い頃から相当のプレッシャーとともに育まれてきた。


――建国の時分のごとく功臣たれ。

――王家は再び紅玲の朝廷に君臨せねばならぬ。

――何としてでも科挙登第せよ。

――ゆくゆくはお前が内閣大学士首輔となって皇帝を補佐するのだ。


いずれも耳にタコができるほど聞かされた言葉だ。

だからこそ腹が立って仕方がない。

耿梨玉と雷雪蓮。いずれも雑草に等しい身分のくせに、太々しくも科挙登第を果たさんと粋がっている。それだけならまだいいが、いちいち王凱の気に障る言動をするから始末に負えなかった。

しかも連中は、衆目の面前で王凱に恥をかかせたのだ。

「耿梨玉は女だ」と難癖をつけることで受験資格を奪ってやろうと思ったのに、やつはすでに根回しをしていた。おかげで王凱は、学政・王視遠に叱られ、童生たちの笑いものになってしまった。

（潰してやる……）

耿梨玉。

男のくせに女みたいな恰好をした変人。

（あんな馬鹿げた輩に負けてたまるか）

当然といえば当然なのだが、この時点で王凱は、梨玉の性別を男だと信じて疑っていない。まさか本当に女が院試を受けているとは思ってもいないからだ。

ともあれ、復讐は完遂せねばならぬ。

すでに手は打ってあった。

あとは連中が自滅するのを待つだけだ――

「あら？　お帰りになっていたのですか？」

にわかに背後から甲高い声が聞こえた。

王凱がハッとして振り返ったところに、戸が開いて見知らぬ少女が姿を現した。

「散らかってますね！　私がお掃除してあげますよ」

「何を……」

「何をって掃除！　挙人さまだか何だか知らないけれど、こんなに汚かったら勉強にも身が入らないよ？　片付けてあげるから、あなたはいったん外に出ていてくださいね」

あまりにも自然と入ってきたので目を疑ったが、そもそも王凱は下男下女や従業員に対して「入るな」と厳命してあるのだ。すぐに怒りの炎が燃え上がっていった。

「掃除など必要ない！　出ていけ！」

「そんなこと言ったたって。私はここの従業員なんだよ？　あ、従業員って言っても昨日雇われたばかりなんだけど、部屋を片付けるのが仕事なの。これだけめちゃくちゃに汚されちゃったら、黙って見ているわけにもいかないし」

「この小娘……！」

王凱は拳を振るおうとした。

が、寸前のところで踏み止まった。

少女が——少女の容姿が、あまりにも美しかったからである。

たかが宿屋の娘とは思えない。服装は粗末な襦裙なのに、何故だか侵しがたい気のようなものを放っているから不思議だった。いずこかの名士の娘だと言われても疑いようがないほどの空気感。

「お前、何という名だ」

「へ？　名？　えっと……」

「名前だよ。早く教えろ」

少女は、何故か少し躊躇ってから言った。

「私は李照！　さあさあ、お掃除してあげるから、いったんどいててね！」

□

二場の発表があった夕方のことである。

雪蓮は欧陽冉の監視を決意した。

頭場、二場において丙三組が獲得した点数を考慮すると、伍のメンバーのうち誰か一人が全問不正解を意図したことは明らかである。そしてそれは雪蓮、梨玉では有り得なかった。李青龍も怪しいといえば怪しいが、あの男はそういうことをする人間ではない気がした。

ゆえに雪蓮が目をつけたのは、最後に仲間入りを果たした少女のような少年――欧陽冉だったのである。

思えば、欧陽冉は終始様子がおかしかった。常に怯えるようにビクビクしているし、では何が原因なのだと問い質しても要領を得ない回答しか返ってこなかった。まさか実力でもって零点を連発しているとは思えないから、何らかの目的で丙三組を陥れようとしているのは確実だった。

そしてその目的は、すでに大方の見当がついていた。

雪蓮は読みかけの注釈書を閉じると、寝台の上でごろごろしている梨玉をちらりと見て言った。

「梨玉。ちょっと厠に行ってくる」

「あ、私も行く行く～」

「あんたは来るな」

「何で!?」

梨玉を置き去りにして部屋を出る。

欧陽冉の部屋は、別棟の隅にあるはずだった。

ところが、渡り廊下を歩いている欧陽冉を発見した。

雪蓮はこれ幸いとばかりに気配を消して尾行を開始する。

この時間、童生たちは自分の部屋にこもって勉学にいそしんでいるため、辺りに人の気配はなかった。砂まじりの風が吹く音と、柳の木が揺れる音だけが雪蓮の耳に届く。

欧陽冉は、何故か裏庭の方向へと足を運んだ。

西日のせいで見えにくいが、誰かと言葉を交わしているようである。

（あれは……）

やはり雪蓮の予想通りだったようだ。

相手は三人。いずれも見覚えがある。王凱の伍——甲二組のメンバーだった。

欧陽冉が小突かれ、転びそうになった。甲二組の連中は馬鹿のように笑い声を響かせると、踵を返してこちらに向かってくる。雪蓮は柳の陰に隠れてそれをやり過ごしながら、この世のろくでもなさを嘆かずにはいられなかった。結局、すべて王凱の奸計だったのである。

「──あんた、こんなところで何をしてるんだ」

「わあっ!?」

戻ってくるのを見計らって声をかけると、欧陽冉は子供のように叫んで飛び跳ねた。柳の木の陰から出てきたのが雪蓮だと知るや、みるみる青くなって狼狽する。

「せ、雪蓮さん、いったいどうしたんですか……!?」

「それをあんたに聞いてるんだ。あっちで王凱の子分どもと話していたようだが、いつの間に仲良くなったんだ？」

「それは……」

「教えろ」

雪蓮は欧陽冉の右手をつかんで壁に押しつけた。欧陽冉はそれだけですっかり萎縮してしまい、雪蓮と目を合わせることもできずに身を震わせる。

「僕は、悪いことは、していません。雪蓮さんや梨玉さんのために……」

「あくまで白を切るつもりか。じゃあ僕の推測を伝えておくが、あんたは王凱から脅されているんだ。丙三組の成績を落とすようにとな。さもなくば殴るぞ──あるいは代償として金品をもらう約束をしている可能性もあるな。いや、王凱のことだから前者か」

「違います！　違うんです！」

「さっきの会合は定期報告といったところか？　三場でもやらかすようにと指示があったんだろう？　それ以外にあんたが王凱の子分と接触する理由がない」

「理由ならあります。たとえば……その……」

「図星だな。声が震えている」

「……！」

欧陽冉はこの世の終わりのごとく言葉を失った。

後は言葉を尽くして脅迫するのみだ。

場合によっては暴力も辞さない。

つまり、天秤にかけさせればいいのだ。王凱よりも雪蓮のほうが恐ろしいと思わせることができれば、欧陽冉は丙三のメンバーとして真面目に問題に取り組むようになるだろうから――

「う……ぅああ……」

ところが、欧陽冉はすでに一杯一杯らしかった。

全身の力がするりと抜けたかと思ったら、その場に頽れ、ぼろぼろと大粒の涙をこぼし始めたのである。

「うあああぁあああっ」

「おい……」

これにはさすがの雪蓮も困惑するしかない。

まさかこんなに心が脆弱だとは。雪蓮は男として紅玲国に復讐せんと誓った時、父親である雷氏から「男ならば泣くな」と厳命された。そういう信条のもと動いている雪蓮からすれば、欧陽冉の号泣は異常極まりない事態である。

（どうする？　あやせばいいのか……？）

今更そんなことをしてどうする。

泣かせたのは雪蓮なのだから。

「ちょっと小雪!?　何やってるの!?」

会館のほうから梨玉が駆けてくるのが見えた。

雪蓮は少し動揺する。犯行現場を押さえられた犯人のような気分だった。

「梨玉。あんたこそ何やってるんだ」

「小雪の後を追いかけてきたのっ！　それより冉くんどうしたの、まさか小雪に変なこと言われたりした!?」

梨玉が横目で睨んできた。その通りだったので二の句が継げない。

しかし欧陽冉は、ふるふると首を横に振って蚊の鳴くような声を漏らした。

「全部僕が悪いんです。ごめんなさい。ごめんなさい」

「悪くないよ！　もしかして王凱さんにまたいじめられた？　ひどいよね、今度こそ私がガツンと言ってあげるんだから！」

「丙三組の足を引っ張っていたのは、僕なんです」

梨玉が言葉を失った。

欧陽冉はついに真実を告げる。

「故意に最低の成績をとっていました。煮るなり焼くなり好きにしてください。すべて僕の責任なのですから……」

□

会館の空き室である。

雪蓮、梨玉、欧陽冉に加え、李青龍を迎えて会議の場がもたれることになった。

欧陽冉はこれ以上隠すのは不可能だと悟ったのか、これまで自分の身に起きたことを明け透けに語った。

「本当にごめんなさい。僕は王凱さんから脅迫されていました」

「脅迫って……どんな？」

「丙三組の点数を押し下げるようにと。王凱さんは、雪蓮さんや梨玉さんを陥れようと本気でした。言うことを聞かなければひどい目に遭わせると言われましたが、僕が殴られるだけならこんな脅しには従いません。あろうことか王凱さんは、卓南県の郷里に住んでいる僕の父母まで手にかけようとしていました」

「ひどい！　やっぱり王凱さんは道に外れているよ！」

「これが証拠ですよ。僕の部屋にこんな手紙まで置いていったんですから」

欧陽冉は弱りきった様子で懐から紙を取り出した。

そこに綴られていたのは、意外に流麗な筆跡の脅迫文。

丙三組を落第させよ
さもなければ白豊村陶陰集の欧陽光・王蘭の命はない

「……白豊村陶陰集っていうのは僕の郷里で、欧陽光と王蘭は、それぞれ父と母の名前です。こんなものを寄越されてしまったら、従わないわけにはいかなくて」

「無視すればよかったじゃないか」

「何言ってるの小雪っ」

梨玉に、つん、と人差し指でつつかれた。

「冉くんの気持ちも考えてあげなくちゃ！　世の中は小雪みたいに強い人ばっかりじゃないんだよ？」

「雪蓮殿、梨玉殿の言う通りだ。脅迫されているのだから軽率な行動は控えなければならない。ましてや親の命を握られているのに無視するなど道に外れているじゃないか」

「…………」

二人に指摘され、雪蓮はすっかり縮こまってしまった。

もう発言しないほうがよいかもしれない。

李青龍が穏やかな口調で確認した。

「……冉殿、話は分かった。では試験で零点をとっていたのはきみだったのだね」

「はい。答案を書くフリをしていましたが、その実、まったくでたらめな文字を綴っていました。雪蓮さんにはバレバレだったみたいですけど」

そこで欧陽冉は再び俯く。

「もともと王凱さんが雪蓮さんや梨玉さんに目をつけたのは、お二人が僕を助けてくれたからですよね。恩を仇で返すようなことをしてごめんなさい。どんなふうに償ったらよいか分かりませんが、まずはけじめとして院試を降りようと思います」

「待て待て！　それでは我々が合格できないではないか」

「そ、そうだよ！　冉くんにはいてもらわないと困るよ！」

「でも……」

「悪いのは王凱さんなのっ！　零点を取ったことなら気にしなくていいよ、これから真面目にやってくれれば私たちは満足だから。もし王凱さんが何か言ってきても、小雪が守ってあげるから大丈夫」

「おい」

「それはいいな！　雪蓮殿なら王凱殿も小指で一ひねりだ」

「だから冉くんは気にしなくていいよ。今度は私たちと一緒に本気で試験を受けよう」

梨玉は笑って右手を差し出した。

あまりにも真っすぐだ。そして星のように明るい。

梨玉は欧陽冉の心を開けると信じて疑っていないようだが――

それは甘い見通しと言わざるを得ない。

欧陽冉の表情が歪んだ。途方もない絶望によって心が砕ける音がした。

少しでも影を持っている者なら分かるが、純粋な人間から発せられる混じりけのない優しさは、罷り間違えば他者を傷つける毒にもなるのだ。

自分はこの人と比べたらどんなに矮小なのだろうか。

欧陽冉の心を蝕んだのは、そういう類いの絶望に違いなかった。

「おい！」

「……駄目です。ごめんなさいっ」

「あっ、冉くん……！」

欧陽冉は立ち上がって走り出した。

梨玉でも懐柔することはできなかったようだ。

今度は李青龍が慌てて立ち上がる。

「まずいぞ。死相が出ていた」

「死相？」

「早まるかもしれんという意味だ！　追うぞ！」

「う、うん！」

梨玉と李青龍が大急ぎで欧陽冉の後を追った。

雪蓮はそれを冷めた目で見送りながら溜息を吐く。

（非生産的なことをする）

心を落ち着けて考えれば分かるが、欧陽冉はこの場で切り捨てるべきなのだ。欧陽冉は絶望の淵に立たされ、院試どころではなくなっている。あれでは脅迫したところでまともに問題を解くこともできないはずだ。

今すべきは、使えなくなった道具に拘泥することではない。

いかにして三人で院試を突破するかを考えなければならない。

「おい雪蓮殿！　何をやっている、はやく来たまえ！」

李青龍が振り返って怒鳴った。

ここで無視して伍に不和をもたらすのは得策ではない。

雪蓮はしぶしぶ重い腰を上げるのだった。

□

欧陽冉には兄がいた。

物心つく前に他界したのでよく知らないが、父母が言うには、愚かで病弱な兄だったらしい。父母はおくびにも出さなかったが、ひょっとしたら口減らしに捨てられたのではないかと欧陽冉は思っている。故郷の陶陰集は貧しい土地柄だったから。

一方、欧陽冉は頭も正常で身体も丈夫だった。

父母は残った弟に期待を託し、常日頃から圧力をかけた。

——お前に一族の命運がかかっている。

——私たちに楽をさせておくれ。

——親孝行はして当然だ。文句を言うんじゃない。

——どうして泣く！　欧陽家のために働く気概はないのか！

儒教社会では子供は親の所有物と見做されることが多い。親のために働いて当たり前という考え方が根強いのだ。

ただ、欧陽冉の父母はそれが少し行き過ぎているきらいがあった。何でもかんでも欧陽冉に背負わせる一方、自分たちはろくに働きもせず酒を飲んでいる。こちらが少しでも粗相をすれば怒鳴られ、打擲され、身体のあちこちに消えない傷を作ることとなった。

それでも親の期待に応えなければならなかった。

欧陽冉は、孝行息子であることをアイデンティティーとしていた。

他に取り柄などなかったからだ。幼い頃から家族という呪いに縛られていた欧陽冉は、父母に奉仕することの他に生き方を知らなかった。

（もう終わりだ）

府城をあてどなく走る。

もはや院試を受ける資格などありはしなかった。童生の本分も忘れて仲間を陥れた人間に、生員の身分は相応しくない。耿梨玉は海のような包容力で許してくれたが、だからこそ自分の小人さが浮き彫りとなるのだ。

このまま郷里に帰っても縊り殺されるだけだ。

一度のみならず二度も失敗したのだから。

であれば、いっそのこと自ら幕引きするのが潔い。

しばらく走ると石橋が見えてきた。

府城は水都として名高い。街中には無数の水路が張り巡らされ、数多の小舟がぷかぷかと行き交っていた。橋の中ほどまで進んだ欧陽冉は、欄干から身を乗り出して水面をうかがってみる。ちょうど舟の影はない。これなら迷惑がかかることもない。

（ごめんなさい……）

父母に謝罪し、欧陽冉は欄干を跨いだ。

異変を察した人々がどよめく。

だが気にする必要はない。自分は死ななければならないのだ。親に報いることのできない不甲斐ない息子に存在価値はないのだから――

覚悟を決めて欧陽冉は跳んだ。

跳んだつもりだった。

「あれ……？」

「駄目！　危ないっ」

耳元で甲高い声が響いた。

いつの間にか、梨玉に背後から抱き着かれている。

よろめいて落ちそうになったが、すんでのところで止められる。

梨玉の力は予想通り弱々しかったが、そのまま強引に身体を引かれ、尻を打ちつけるような恰好で石橋の上に転んでしまった。

わけが分からず見上げれば、そこには顔を赤くして怒る梨玉の姿があった。

「何やってるの!?　飛び降りたら死んじゃうでしょ!?」

「り、梨玉、さん……僕は」

「もう気にしてないよ。気に病む必要はないって」

欧陽冉は何も言えなかった。

梨玉が何かに気づいたようにハッとする。

森羅万象を見透かすような瞳が、まっすぐ欧陽冉に向けられた。

「冉くん、他にもつらいことがあったの？」

「え……」

「話してごらんよ。力になるから」

この人にいったい何ができるというのか。

欧陽冉を取り巻く問題は、たとえ進士登第を果たすような秀才であっても解決は不可能に近いのだ。

しかし、梨玉の優しい表情を見ているうちに込み上げてくるものを感じた。巻き込まれて死ぬ危険性もあったのに、後先考えずに手を差し伸べてくれた人。ここまで真摯な態度で接してくれる人には出会ったことがなかった。

欧陽冉は顔を伏せると嗚咽をこぼした。

梨玉はしばらく背中をさすってくれた。

□

蝋燭の炎が揺らめく。

王凱は机に向かって解答用紙を眺めていた。解答用紙といっても此度の院試のものではない。前回、前々回のものを王家の家庭教師がわざわざ準備したのだ。しかも当時の童生のうち一等の成績を修めた者の解答が記されているから、入手するのによほどの大枚を叩いたに違いない。

そういう過保護が疎ましいのだ。

王家の嫡男ならば科挙を受けるのが当然、太学に入学するのが当然、よい成績で殿試を通過して翰林院（エリートの配属先）に入るのが当然——王凱の背中には、親戚一同の重い期待がのしかかっている。

（鬱陶しい。どいつもこいつも……！）

王凱は解答用紙を力尽くで破ってしまった。

何もかもが気に食わない。

家の重圧。生意気な雷雪蓮、耿梨玉。わけの分からぬことを言い出す学政——

その時、こんこんと叩扉する音が聞こえた。

舌打ちまじりに戸を開くと、宿の従業員、李照が夕餉を載せた盆を持って立っていた。

「ご飯を持ってきたよ！　よかったら食べてね」

「いらんと言っただろうが。さっさと失せろ」

「わあっ、またこんなに散らかして！」

李照はずかずかと部屋に入ってきた。

紙片がばらまかれた床を見るや、ぷんぷん怒って王凱を見上げる。

「掃除する私の身にもなってよ。あんまり汚すと代金上げちゃうよ？」

「俺にも事情があるんだよ！　お前はすっこんでろ！」

「事情って……ああそっか、王凱さん、試験が大変だもんねえ」

李照は一転、心配するような目で王凱を見た。

何なんだこの小娘は。こちらの怒りが通じていないのか――王凱は暖簾に腕押しする気分で歯軋りをした。その容姿は王凱がこれまで見たことがないほど美しい。李照を前にすると、いつものように暴力的な衝動が収まっていくから不思議だった。

「でも王凱さん、随従の人に手をあげちゃ駄目だよ？　宋さん、怖がってたもん。あのまじゃ辞めちゃうかもよ？」

宋というのは、王凱の伍――甲二組に所属する童生のことだ。先ほど憂さ晴らしに頬を殴ったことを思い出す。

李照は彼のことを随従と勘違いしているようだが、似たようなものなので訂正はしなかった。甲二組の連中は、いずれも王凱を引き立てるための道具にすぎない。他の間抜けどもよりは多少マシだから使ってやっているだけだ。

「……構うものか。やつらは俺の下僕みたいなもんだ」

「駄目なのっ！」

李照に、つん、と人差し指で胸をつつかれた。

「嫌なことがあっても人に当たっちゃ駄目だよ。もし我慢できなくなったら話を聞いてあげるから、いつでも言ってね」

「お前は……」

いったい何を考えているのか。

蝋燭の炎に照らされた李照の笑顔は、王凱の凍てついた心をわずかに溶かした。

どこの馬の骨とも知れぬ下女にこんなことを言われれば、問答無用で拳を振るっていたはずなのに――

「でも王凱さん、すごいよねえ」

「すごい？」

「頑張ってるんだもん。私だったらそんなに勉強できないよ」

そんな言葉は初めてかけられた。

親も家庭教師も王凱を褒めたことはない。

全部できて当然だったからだ。

「……それは当たり前だ。俺は卓南王家の嫡男。いずれは内閣大学士の首輔にだってなってやるよ」

「すごいすごい！　きっと偉くなってねっ。応援しているから」

李照は無邪気な微笑みを浮かべてそう言った。

王凱は、知らず知らずのうちに口元を綻ばせていた。

(この女は俺を尊敬している)

そういう心地よさに満たされていった。

この時を境に、李照と言葉を交わすようになった。

□

まったくもって度し難い。

欧陽冉がわずかに躊躇したからよかったものの、もし何の迷いもなく飛んでいたら、梨玉はそれにつられて落ちていたはずである。自分の命を顧みない献身——雪蓮には理解できない行動だった。

梨玉と合流した雪蓮、李青龍は、欧陽冉を伴って試院の会館に戻ってきた。

欧陽冉はしばらく沈痛な面持ちで黙り込んでいたが、いずれにせよ気の迷いは消えたらしい。梨玉に促されると、訥々と身の上話を始めるのだった。

それによれば、欧陽冉は父母から虐待同然の扱いをされていたそうだ。殴る蹴るが日常茶飯事の、子供のことを道具としか考えていない不逞の親。それに加えて始末に負えないのは、欧陽冉がそれでも孝を尽くさんと努力している点だ。

「僕には孝行しか残されていませんから」

欧陽冉は自嘲気味にそう言った。

立派といえば立派だが、それで本人が傷ついているなら世話がない。つまるところ欧陽冉を苦しめる要因は、根本のところで父母の重圧が大部分を占めているのだ。

李青龍が呆れたように溜息を吐いた。

「しかし冉殿、旧弊的すぎやしないかね？　親の願いが果たせなくなったから死ぬなんて愚にもつかんことをする。だいたいまだ進士登第の道が絶たれたわけじゃないだろうに」

「無理ですよ。暴力に屈して言いなりになるような弱虫には……」

「自分を卑下するな！　きみの瞳はこんなにも澄んでいるじゃないか！」

「青龍さんは静かにしてて！」

「む……すまない」

その気迫に呑まれた李青龍が沈黙する。

梨玉は欧陽冉を真っすぐ見つめて言った。

「ねえ冉くん、お父さんお母さんに科挙を受けろって言われたの？」

「いえ。それは……」

窓から差し込む西日を遮りながら、欧陽冉はたどたどしく続けた。

「どこから話したらいいのか分かりませんが……僕には秘密があるんです」

「秘密？　まだ王凱さんに何かされているの？」

真剣な様子で梨玉に問われ、欧陽冉はびくりとした。

「そ、そういうのじゃありません。何て言えばいいのか……」

「え～？　じゃあ、実は女の子だったりとか？　冉くん男の子っぽくないもんね」

それをぶっこんでくる度胸がすごい。

だが秘密というのは気になった。ここまで随分赤裸々に語ってくれたと思うが、そのうえで出し渋る情報とはいったい何なのか——雪蓮は興味深く耳を傾ける。

返ってきた答えは、想像をはるかに上回るものだった。

「……僕は男でも女でもありません。自宮してるんです」

「自宮……？　って何？」

梨玉が不思議そうに問う。

李青龍が慌てた。

「ま、まさか宦官ということか!?」

「いえ、宦官というのは朝廷に仕えている人のことですから、僕は宦官にすらなれていません。男としての象徴を持たない、ただの去勢された男子なんです……」

沈黙が訪れる。

その場の誰もが唖然とするしかなかった。

欧陽冉が慌てて言葉を続ける。

「小さい頃、親の命令で自宮をしました。珍しいことではありません。もし京師の後宮に入って宦官になることができたら、家族のために稼ぐことができますから……」

宦官。

それは皇族の日常生活の補佐、後宮の雑務などをこなす官吏のことだ。主に去勢された男子で構成され、紅玲の朝廷に仕える宦官は数万人にものぼるという。ちなみに何故去勢する必要があるかと言えば——これには複雑な歴史的経緯があるのだが、現在ではおおむね后妃との姦通を防ぐためであると言われている。

李青龍が「ふむ」と頷いた。

「それも親に強制されたのか。確かに宦官とて官吏だ、採用されればそれなりに禄をいただけるのだろうが……」

「でも冉くん、宦官にはなってないよね？」

「京師に行って面接を受けたのですが、合格できませんでした。応募がたくさんあったみたいで」

当節、宦官は人気の就職口である。

李青龍が言うようにそれなりに給料がもらえるから——というのもあるが、宦官という身分には特殊な魅力があった。歴史上、皇帝の寵愛を受けた宦官が飛躍的な出世を果たすというのはよくある話だ。そういう一発逆転の目があるからこそ、自宮して宮城に駆け込む人が後を絶たないのである。

雪蓮は改めて欧陽冉の容姿を観察する。

やはり少女にしか見えなかった。

「……本当に切っているのか？」

「本当ですよっ。これればかりは嘘を言っても仕方がありません。もしよければ、宝をお見せしましょうか……？　宦官として後宮に勤務するためには必要ですから、壺に入れていつも持ち歩いているんですよ」

「宝？　何それ？」

「陽根のことです。これがなければ宦官として認められませんから……」

欧陽冉は懐から小さな壺を取り出して言った。

「……開けてみますか？」

「開けなくてていいっ！」

雪蓮と李青龍が同時に叫んだ。

去勢するとホルモンの関係上、声が高くなったり髭がなくなったりと男性的な要素が薄くなる。だが、それだけでは本当にないのかどうかハッキリしない。ゆえに宮城に出入りする正規の宦官になるには、切除した自分のモノを証拠として所持している必要があった。これは要所要所で己の身分を証明するのに役立つため、紅玲国のすべての宦官は壺か何かに塩漬けにして保存している。

閑話休題。

梨玉が唇に指を当てて言った。

「えっと、それでどうして科挙を受けることになったの？」

「あ、それは……不合格になった後、郷里に帰ったんですが、父母に叱られてしまいました。苦労して自宮させたのに、肝心なところでへまをするとは何事かって」

ちなみに、不合格になれば、面接は自宮してから行われるのが一般的らしい。

「ひ、ひどい……」

「だから科挙を受けようと思ったんです」

李青龍が、は、と眉根を寄せた。

「……何だって？　前後のつながりがよく分からんが」

「宦官が駄目なら、普通の官吏になろうと思って」

欧陽冉は大真面目だった。

しかし発言は常軌を逸している。

「幸い物覚えはよかったから、四書五経やその他の書物を必死で暗記しました。宦官に採用されなかった焦りに突き動かされたんだと思います。父母を失望させないために、楽をさせてあげるために……殴られないために。血眼になって筆を動かして、なんとか県試と府試を突破することができました」

「いや、確かに去勢した者が科挙を受けてはならぬという法はないが……」

「それで府試まで合格できるなんて、天才じゃない……？」

唖然とする李青龍と梨玉。

欧陽冉は首を横に振った。

「いいえ。小さい頃から励んでいた人と比べたら、僕の力なんて雀の涙ですよ。府試までは天祐がありましたが、院試も同じように上手くいくとは思っていません。伍を作るのにも苦労しましたし、それに、科挙に合格するっていう目的を忘れて皆さんの妨害をしていたのは愚かとしか言いようがないです。両親のことを思うあまり、身勝手な行動をしてしまいました。宦官がどうこうの以前に、僕には進士になる資格なんて端からなかったんです」

欧陽冉にも抜き差しならない事情があったことは理解した。

だが、生への熱意を失った者を操るのは難しい。脅迫して院試の問題を解かせるのは現実的ではないように思われた。梨玉はいったいどう出るのだろうか――

「――大丈夫！　私たちと一緒なら合格できるよっ」

「え、え……」

「せっかくここまで来たのに、諦めちゃうのはもったいないよ？　冉くんみたいな子が進士になれば、世界はもっとよくなっていくはずだから！」

「でも……」

それは解決になっていない。

欧陽冉を苦しめているのは親からの重圧、そしてその期待に応えられない無力感、劣等感だ。ひたすら前向きに励ましたところで意味はなかった。

だが、梨玉はとんでもないことを言ってのけた。

「家族のことを心配してるんでしょ？　そんなのは後回しでいいよ。冉くんは自分のために頑張ればいい」

欧陽冉は瞠目した。

それは一般的な感性では考えられない台詞だった。

そもそもこの発言は、家族のために刻苦勉励している梨玉らしくもない。

「冉くんのお父さんお母さんは、言っちゃ悪いけれど冉くんにとって必要ないよ。何か言われたとしても無視しちゃえばいいと思う」

「おい梨玉。あんたは家族を大事にするべきだという考えじゃなかったのか？」

「私の家族は私にとって大事だよ？　でも冉くんの家族は冉くんにとって大事とは言えない。だって暴力を振るって言うことを聞かせるなんておかしいから」

雪蓮は呆気に取られてしまった。

思想が開明的すぎる。儒教の観念に囚われていない。

これほど明け透けに物を言う人間が今まで存在しただろうか。

梨玉を能天気な小娘だと侮っていた自分の浅慮が疎ましく思えてくる。

李青龍が嬉しそうに快哉を叫んだ。

「素晴らしい！　梨玉殿、さすがは私が見込んだ男だ！　私も常々思っていたのだよ、社会規範を盾にして子を使い潰す親などあってはならん！　さあ冉殿、親など捨てて自分の道を歩もうではないか」

「私はそこまで言ってないけど……」

梨玉は苦笑して欧陽冉に向き直った。

「苦しいことはいったん忘れていいんじゃない？　忘れられないなら忘れさせてあげる。私と一緒に試験を頑張っていれば、余計なことを考える暇なんてなくなっちゃうよ？」

「ど、どういう意味ですか……？」

「楽しいことばっかりって意味！」

「…………」

梨玉の微笑みを受けた欧陽冉は、頬を赤くして沈黙してしまった。

心の奥深くに何かが突き刺さる気配がした。

梨玉に命がけで命を救われたことも効いているのかもしれない。

欧陽冉は、途端に目元を潤ませて呟くのだった。

「……僕が間違ってました。本当にごめんなさい」

「仕方ないよ、誰だって怖いから。でも私たち四人なら大丈夫」

「はい。もう二度とあんなことはしません。梨玉さんに従います。学政さまも信が大事だと仰っていましたから……」

涙をこぼして破顔した。

なるほどこういうやり方もあるのか――と、雪蓮は膝を叩く思いだった。雪蓮には脅迫するという手段しか思いつかなかったが、梨玉のように真摯に言葉と行動を重ねれば、相手の心を動かすことも不可能ではないらしい。

（少しは見習う必要があるな）

常に無理矢理な手法をとっていれば破滅が訪れる。

梨玉と一緒にいれば、また違った手札を増やせるかもしれなかった。

とにもかくにも欧陽冉の問題は一件落着である。

李青龍が「よし」と腕を組んで言った。

「これで当面の懸念事項は解決だな。梨玉殿と冉殿のおかげで明日以降は著しい低得点をとる心配がなくなった。王凱に脅されたとしても問題ない、こちらには天下無双の雪蓮殿がいるのだ」

「僕を頼りにされても困るのだが……」

「……あの。もちろん明日から真面目に試験を受けますが、そもそも僕のようなにわか受験生がまともに問題を解けるのかっていう心配があるのですが」

「それは大丈夫だ。すでに問題の傾向はつかんだからね」

「え……？」

「頭場と二場を経て王視遠の癖が分かったのさ。私の言う通りに予習しておけば、何も問題はない。さあ、今夜は忙しくなるぞ」

「おおっ！　さっすが青龍さん！」

梨玉が目を輝かせた。

しかし、そんな上手い話があるとは思えない。

不審に思った雪蓮は、小声で李青龍を問い質した。

「……おい、本当なのか？　傾向なんてそうそう分かるもんじゃないぞ」

「もちろん嘘に決まっているさ」

「学政殿の宿舎に忍び込んで散歩していたら、たまたま話し声が聞こえてしまってね。次はどうやら信をはじめとした五常の徳目に関する出題を多くするようだ。いや、本当は聞きたくなかったのだが、耳に入ってしまったのだから仕方がない。せいぜい有効活用させてもらおうじゃないか」

「はあ……？」

「………………」

「おっと、このことは梨玉殿や冉殿には言うなよ。特に梨玉殿は昨今珍しいくらいの清廉の士、知れば義憤に駆られて私を責め立てるはずだ。信を主題とした試験で不和は禁物だからね、よろしく頼むよ」

李青龍は気障に片目を瞑った。

まさに盗人。信という概念からはかけ離れている。

（……男装して性別を偽っている僕の言えたことじゃないが）

とはいえ、李青龍のずる賢い作戦は歓迎すべきことだった。

梨玉に知られるわけにはいかないが、これで試験を有利に進められるかもしれない。

「よーし！　みんなで院試を突破しようね！」

「は、はいっ。よろしくお願いしますっ……！」

「ほら小雪、勉強を始めるよ！　青龍さん、学政さまの癖ってなに？」

「そう慌てるな。まずは王視遠がこれまでに記した著作についてだが……」

かくして丙三組は一丸となって院試に臨む。梨玉のおかげで互いのわだかまりは消え、まさに王視遠が述べるような信頼関係を築けたといえよう。

これから雪蓮がすべきは、その信頼関係を継続させること。

全力で三、四、終場の試験問題を解くこと。

そして――

（王凱。あいつを何とかしなければ）

雪蓮は李青龍の講釈を聞き流しながら考える。

あの男を排除しない限り、丙三組に平穏は訪れないのだ。

□

翌日。

雪蓮の部屋の前には、またしても生ごみが捨てられていた。

聞けば、李青龍や欧陽冉も私物を盗まれて大変だったという。

相変わらず甲二組の嫌がらせは継続中らしい。だが迷いの吹っ切れた雪蓮、梨玉、李青龍、欧陽冉の四人にとっては、むしろやる気を増大させる燃料にしかならなかった。

音を上げない雪蓮たちに痺れを切らしたのか、三場の始まる直前、王凱が直々に難癖をつけてきた。

「そろそろ諦めたらどうだ？　どうせ合格なんざできないんだ、俺に頭を下げて謝罪しろよ。そうすりゃ、下男としてうちで雇ってやってもいいぜ」

だが梨玉は冷たく一言、

「王凱さん。あなたみたいなやり方では官吏になれないよ」

これには王凱も呆気に取られるしかない。

間もなく柘榴のように顔を赤くして激怒したが、壇上の王視遠が三場の始まりを告げたため、諍いに発展することはなかった。

三場の出題は、李青龍が言っていた通りのものとなった。

密かに様子をうかがえば、梨玉も欧陽冉も流れるように筆を動かしている。

これならば心配はいらないはずだ。

雪蓮は落ち着いた心持ちで問題に解答していった。

そしてその結果は、例によって一日を置いて発表されることになった。

三場の試験の二日後、中庭の榜に記されていた点数と順位を見た瞬間、梨玉と欧陽冉が黄色い歓声をあげた。

第一等　乙四　得点百十二
第二等　甲二　得点百七
第三等　丙三　得点百六

…

第三十八等　辛四　得点七十六
第三十九等　戊一　得点七十四
第四十等　壬二　得点七十一

「——すごいすごい！　私たち第三等だって！」

「青龍さん、やりました！　おかげ様でこんなにいい点数が……！」

「これでひとまず最下位は免れたね。以降もこの調子で頑張っていけば、合格も現実味を帯びてくるぞ」

「はいっ。頑張ります！」

欧陽冉の喜びようは尋常ではない。

梨玉に少しでも恩返しできたことが嬉しいのだろう。

このまま四場と終場で高得点を維持できれば、頭場と二場で失ったぶんは取り戻すことができるかもしれない。

が、雪蓮は何やら不穏なものを感じずにはいられなかった。

三場の第二等は、王凱率いる甲二組だ。

その性根に似合わず頭のいい連中が揃っているのだろうか。

雪蓮は榜を睨みながら、静かに考えを巡らせる。

「雪蓮殿。ちょっと」

　李青龍がそろそろと近づいてきた。

　不穏な空気を感じた雪蓮は、鬱陶しがって李青龍を見上げた。

「何だ。素直に喜んでおけよ」

「変だと思わないかい。王凱の伍が高得点を維持しているなんて」

「実は頭がいいんじゃないか？」

「仲間はそうかもしれないが、王凱自身には疑惑がかかっているのさ」

「疑惑？」

「私の席は王凱の斜め後ろだったのだが、見えてしまったのだよ。やつが試験中にコソコソと懐をまさぐっているところをね」

「まさか……」

　李青龍は声を潜めて言った。

「そのまさかだ。王凱は不正を働いているぞ」

「見たのか？」

「はっきりとは見ていない。だが次こそ証拠をつかんでやるさ」

　それが本当なら許されざる行為である。

　しかし、雪蓮にとっては些事だった。

　不正の有無は、本質的には関係のないことなのである。

何より重要なのは、今のところ、自分たちが合格できるかどうかだ。

□

「わあ、やっぱり王凱さんは利口なんだね！　第二等だなんて！」

三場の発表があった日の午後。

王凱は、宿屋で李照と言葉を交わしていた。

確かに甲二組は二等になったが、それは決して歓迎すべき結果ではなかった。そもそも一等を逃したことに加え、すぐ後ろについているのはあの丙三組だ。欧陽冉には色々と言い含めておいたのに、命知らずにも王凱を裏切ったらしい。

「……気に食わん」

「いいじゃない、二等だったんだから」

「よくないんだよ。勝つためには……」

李照は、へえ、と感心したように呟いた。その手に握られているのは箒だ。今日も勝手に王凱の部屋を掃除しに来たのである。

「向上心があるんだねえ。そういう人って尊敬しちゃう」

「……まあな」

「王凱さんはどうしてそんなに勉強ができるの？　やっぱり生まれからして違うのかなあ。

私ったら昔から物覚えが悪くてね、科挙の問題なんて絶対に解けないよ」

王凱は鼻で笑った。

「照、お前は勘違いしているぜ。科挙に合格する手段ってのは、何も馬鹿正直に経書を暗記することだけじゃねえ。世に通暁してるやつは、もっと利口な手を使うのさ」

「どういうこと？」

「さあね。お前が知ってもしょうがないだろ」

「え～っ!?　そこまで言ったなら教えてよおっ！」

李照は子供のようにせがんできた。

香をつけているのか、ふわりと花の匂いがただよった。

王凱は目を逸らして舌打ちをする。

「教えてたまるか。これを知ったらお前も県試程度は受かっちまう」

「ええっ、じゃあ私も賢くなれるってこと!?」

「場合によるとしか言えん」

「お願いお願いお願いっ！　私も賢くなりたいよ～っ！」

李照の気安さのために口を滑らせたことを後悔した。一喝して諦めさせることもできたが、李照の放縦な振る舞いを見ていたい気持ちが勝ってしまうのだ。

しかし王凱は、にわかにある計画を思いついた。

「……いいぜ。やっぱり教えてやるよ。ただし条件がある」

「条件？　なになに、何でもやっちゃう」

「お前、宿屋で働いているくらいだから貧しいんだろ？　院試が終わったら卓南県に来いよ。衣食住には困らせないぜ」

「え？　それって……」

「俺のものになれって言ってんだ」

ほんのわずかな期間だが、王凱は李照をすっかり気に入っていた。

院試が終わっても手元に置きたいと思えるほどに。

こんな宿屋で遊ばせておくのは我慢ならなかった。

李照はしばし黙考して後、にこりと笑って言った。

「うん、分かった！　院試が終わったら王凱さんの言う通りにするよ！　だから賢くなれる方法を教えてっ」

意外と抵抗がなかったので拍子抜けだった。

しかし冷静に考えれば、こうでなくては困るのだ。いずれ科挙登第を果たし栄華を極める予定の身としては、女の一人や二人を意のままにできなければ前途多難である。

王凱は頷くと、部屋の隅にあった包みを開いた。

中に入っていたのは、無数の紙切れである。

「何それ？　紙？」

「これは卓南で作っている鋼紙と呼ばれる代物だ。文字を書き込んだ後に特別な液を塗れば、水に溶けない用紙を作り出すことができる」

「溶けないから何なの？」

「分からんか？　これを豆本にしたものに経書の要点を書き込むのだ。まさか口の中までは調べられないから、試験会場に持ち込むのは難しくねえ。もし試験で問えるようなことがあったら、これを吐き出して読めばいいんだ。係員に見つかりそうになっても問題はないさ、取り上げられる前に食べてしまえばいいだけだからな。といっても今まで一度もそんなへまはしてないが」

平たく言えばカンニングである。

科挙が開始されてから千年、時代を重ねるにつれ不正の手段は種々の進化を遂げていった。王凱が用いたのは、その初歩の初歩ともいうべき持ち込み式の豆本である。

李照はしばらくぽかんとしていたが、王凱の言わんとするところを理解した瞬間、慌てたような声をあげた。

「それってズルじゃない……!?」

「見つけられない試験官が悪いのだ」

「駄目だよ！　そんなことして偉くなったって意味ないよ！」

李照はどこまでも食い下がってくる。

王凱は少々カチンときた。

「意味ならあるだろ。進士になれば金も名誉も手に入るんだ」

「だから、不正で手に入れてもしょうがないって。他の人たちは自分の力で一生懸命やっているのに、王凱さんだけそんな道具を使うなんて……」

「他の連中は道具を使う脳もない馬鹿どもなのだ！　一等の成績で合格したかったら、どんな手段でも尽くす必要がある！」

「違う！　王凱さんなら真面目にやっても大丈夫だよ！」

「お前に俺の何が分かる……」

「だってたくさん勉強してきたんでしょ!?　それとも自信がないっていうの……!?」

李照の気持ち悪いほど真っすぐな言葉が癇に障った。

王凱は文鎮を投げつけて叫んだ。

「出ていけ！　お前の顔など見たくもない！」

李照は凍りついたように動きを止めた。

「出ていけと言っている！　聞こえなかったのか!?」

「で、でも」

「うるさい！」

今度は硯を投げつけてやると、李照は声も出さずに部屋から飛び出していった。それを見送りながら、王凱は憤懣やるかたない吐息を漏らした。どいつもこいつも結局、王凱のことを認めてはくれないのだ。

（馬鹿にしやがって……！）

どっかりと茣蓙に腰を下ろした。

この短慮が人望を失う原因なのだと、王凱はついぞ気づかない。

□

「あっ……！」

夕方、会館の自室に帰ってきた時のことである。

入口の扉のところに、貼り紙をしている男を見つけた。王凱率いる甲二組に所属する童生、宋某。彼は雪蓮がやって来たことに気づくと、まずいところを見られたというふうに目を丸くした。

「何やってるんだ？　そこは僕と梨玉の部屋のはずだが」

「こ、これは……」

見れば、貼り紙には『丙三組は不正をしている』などと書かれていた。溜息を吐きたい気分である。性懲りもなく今度は不正疑惑をでっち上げようとしているのか。

雪蓮は貼り紙を引き剥がすと、びりびりに破いてしまった。

それを見た宋が、世にも情けない悲鳴をあげた。

「何をしてくれる！」

「こっちの台詞だ。お前こそ何を考えているんだよ」

「知るかよ！　これは全部王凱さんの指示なんだ！　それをちゃんと貼っておかないと、後で殴られるのは俺なんだぞ!?」

「学政にでも報告すればいいだろ」

「できるかよ。王凱さんは卓南王家の出だ。逆らえばどんなことになるか……」

宋の目元は赤黒く腫れている。

王凱に殴られたに違いなかった。

甲二組も甲二組で抜き差しならない問題を抱えているらしい。

「とにかく悪戯はもうやめろ。こんなことをしても僕たちには通用しない」

「王凱さんに言ってくれ！　俺たちは従ってるだけなんだ！」

「自分で言えばいいじゃないか」

「無理に決まってる、あの人は乱暴だから……」

「だったらお前も乱暴にやり返せばいい」

宋は、え、と声を漏らした。

「方法はいくらでもある。自由にやればいい」

「しかし……」

「まあ無理強いはしないよ。どっちにしろ王凱の天下は続かないんだ」

雪蓮は宋を押しのけて自室に入った。

扉の外からは、無理だ、無理だと呟く声がしばらく聞こえていた。

□

日が暮れる直前のことだ。

学政・王視遠は、宿舎で答案用紙を見つめていた。

無言、ただひたすら無言。その張りつめた空気に直接晒されている部下たちは、冷や汗をだらだら垂らしながら直立不動を貫くしかない。

物腰は柔弱、文人官僚の権化といった風体をしているが、実のところ王視遠という男はかつて禁軍正水都督、つまり皇帝に直属する十個の近衛師団のうちの一つを預かっていた武官でもあった。その華々しい軍歴に裏打ちされた眼光が、童生たちの答案を舐めるように蹂躙していく――

「面白い答案がいくつかありますね。私の意をきちんと汲んでくれているようです」

何か答えたほうがいいのかと部下たちは顔を見合わせた。

一人の胥吏が、おずおずと口を開く。

「お気に召す解答があったようで何よりでございます」

「耿梨玉と李青龍――この二人は何度見ても素晴らしい。今の紅玲国にはない進歩的な目線を持っている。記憶違いでなければ、私はこの二人に満点を与えたつもりだったのですが、悲しいかな、更朱の方々には理解が及ばなかったようですね。私の審査を改めて評価を下げてしまったようだ」

王視遠は大きな溜息を吐いた。

更朱とは近年新しく創設されたチェック機構のことだ。学政の答案審査に不備がないかを調査し、不備があった場合は更朱が独断で修正を加えることができる。科挙制度改革の一環として導入されたのだが、これでは本末転倒もいいところだった。

紅玲朝第八代皇帝・夏鐘世（光乾帝）は英明な君主だ。

天下の本が人材であることをよく知っている。

皇帝の肝煎りで始まった科挙制度改革は、昨今の腐りきった官界に新風を吹かせるために講じられた一手だった。王視遠もこれに賛同して試験官の任に就いたのだが、せっかく見つけた人材にけちをつけられるようではたまったものではない。

「困りましたね」

「更朱を呼んできますか」

「そこまでする必要はありません。耿梨玉と李青龍ほどの人物となれば、必ず上位に食い込んでくるでしょうから」

王視遠は童生の組み分け表に目をやった。

耿梨玉と李青龍は丙三の伍に属されているようだ。

残る二人のメンバーは――

王視遠が目を細めた時、にわかに扉をノックする音が聞こえた。

「どうぞ」

「失礼します」

別の胥吏（しょり）が拱手（きょうしゅ）して現れる。

困惑の表情を浮かべ、胥吏は報告を述べた。

「府城の一角で火事だそうです」

「火事？」

他の部下たちが不安そうな声をあげた。

「いや、延焼の心配はございません。燃えたのは一等地にある宿だそうで、他の建物と距離が置かれていました」

「そうですか。被害のほどは」

「分かりません。しかし……」

言いにくそうに胥吏は告げた。

「その宿に、童生（どうせい）の一人が泊まっていたという話です。目下調査中ではありますが、死亡となった場合、院試（いんし）に響くのではないかと……」

□

真っ赤な炎が燃えている。

忙しなく人々が行き交い、火事を告げる鐘の音が、夜空にけたたましく響いていた。眼前で炎に包まれているのは、王凱が府城で起居していた宿屋である。しばらく建物としての形を保っていたが、龍のようにうねる火炎が柱を焼き尽くすや、地鳴りのような音を立てて一挙に崩れていった。

「何だこれは……」

面白がる野次馬に紛れ、王凱は絶望の嘆息を漏らした。

李照との悶着でむしゃくしゃしていた王凱は、夕刻、宿を出て繁華街へと繰り出した。しこたま酒を飲んで戻ってきた時には、すでに火の手は押さえられぬほどに回っていた。

酔いも醒める思いだった。

あの部屋には、旅費や書物、何よりカンニング用の豆本もあったのだ。

今から取りに行くのは不可能。

これでは明日の院試に備えることもできなかった。

何たる不運、不幸、災厄。天に見放されたとしか思えない――

「王凱さん！」

不意に呼びかけられて振り返る。雑踏を掻き分けて現れたのは、宿屋の従業員、李照だった。

「よかった、無事だったんだね！　火事に巻き込まれたんじゃないかって心配だったの。ずっと捜していたんだよっ……よかった……」

「よかった……？　よかったわけあるかっ」

王凱は李照につかみかかった。

目を白黒させる彼女に構わず捲し立てる。

「俺の部屋が燃えちまったんだぞ！　あそこには院試に必要なものがあったんだ、どうしてくれる！　お前が働いていた宿屋だろ、何とかしろよ！」

「そ、そんなこと言われたって」

「責任とれよ！　おい、なあ、何とか言えよ！」

王凱はがくがくと李照の身体を揺さぶる。

その大きな瞳が、めらめらと燃える炎を受けて赤く輝いていた。

やがて李照は、ぽつりとこんなことを言った。

「私のせいじゃないよ」

「何だと……⁉」

「王凱さんがどこかへ行っちゃった後、宋さんが宿の周りを歩いているのを見たの。挙動がおかしかったから覚えているけれど……」

王凱の脳裏に、痩せぎすの男の顔が浮かび上がった。

宋。王凱が率いる甲二組のメンバーだ。

愚鈍な性格なので何度も殴ってやったが、そのたびに宋は反抗的な目をしていた。だから王凱は、反抗すれば卓南王家の力を使ってお前を潰すぞ——と脅しをかけたのだ。

何故その宋が宿屋に来ていたのか。

王凱は丙三組を陥れる作戦会議のため、しばしば甲二組のメンバーを己の宿に集めていた。しかし、今日は呼び寄せた記憶もない。やつらには試院の会館で丙三組の連中を締め上げるように指示しておいたはず――

そこで王凱は気づいた。

宋が宿の周囲をうろついていた理由。

そんなのは少し考えれば分かることじゃないか。

（あいつだ。あいつがやったんだ……）

王凱の心の内でも怒りの炎が燃え上がっていった。

火をつけたのは宋だ。復讐するために火を放ったのだ。そうでなければおかしい、三代にわたって進士を輩出した卓南王家の嫡男が、こんなところで天に見放されるはずがないのだから。

「くそ！　許さない、あいつめ……！」

「元はと言えば、王凱さんの責任じゃない？」

李照の冷たい声が聞こえた。

王凱は信じられない思いで振り返った。

「だってそうでしょ？　宋さんがやったって決まったわけじゃないけれど、もしそうだった場合、王凱さんが宋さんをいじめたのが悪いよね」

「幻滅しちゃった。宿屋が燃えたと知っても自分のことばかりなんだもん。他のお客さんや、宿で働いている人の安否なんてどうでもいいんだね。そんな人が進士になったら、紅玲国は滅びちゃうかも」

「お前……」

王凱は吼えた。

勢いのまま李照につかみかかる。李照は悲鳴をあげて逃げ出したが、王凱の爪がその首筋にかかって皮膚を裂く。そのまま殴り殺してやらんと拳を握るも、酔いの回っていた王凱の脚はもつれ、その場に転倒してしまった。

人々のやかましい声が耳朶を打つ。

すでに宿屋は完全に倒壊してしまっている。

炎の熱さを感じながら、王凱は獣のような呻きを漏らした。

四回　人の生くるや直し

府城のどこかで火事があったらしいが、院試に苦しめられている童生たちには関係のないことだった。四場に続いて終場も滞りなく実施され、童生たちはついに最終結果の発表を待つのみとなる。

ちなみに四場における雪蓮たち丙三の成績は、百十点で第二等。終場の試験もそれなりに手応えがあったため、頭場、二場における失敗は完全に取り戻せたはずである。丙三組の面々は互いの健闘を称え、後は天運しだいということで細やかな慰労会を催した。

「いやあ、我々の快進撃は止まらないな！　合格は目前だよ」

李青龍が杯を傾けて笑っていた。

ちなみにこの男は酒を飲まない。注がれているのは単なるお湯だ。

梨玉が干菓子をつまみながら言った。

「最後のほうはすごく難しかったよねえ？　やっぱり場が進むにつれて難しくなる形式だったみたい」

「乗り切れたのだから問題ないさ。冉殿、私の予想は当たっていただろう？」

「は、はいっ。おかげ様でなんとか乗り切ることができました。これなら合格も夢じゃありません……！」

欧陽冉はすっかり明るくなっている。

父母の呪縛から解き放たれ、活き活きと試験に取り組めたらしい。

しかし、不意に表情を曇らせて俯いてしまった。

「……でも気になることがあります」

「気になること？　何だね」

「王凱さんのことです」

欧陽冉は少し顔を青くして言った。

「三場が終わった辺りから様子が変でしたよね？　周りに同じ伍の人たちもいませんでしたし……」

「そういえば、王凱さんの甲二組はひどい結果だったよねえ？」

三場の結果発表の日に、宋を含めた甲二組の三人は姿を消したらしい。

その結果、王凱は一人で院試に臨むことになった。先日発表された四場の成績では、甲二組は十三点で第四十等という惨憺たる結果を残していた。院試のルール上、伍のメンバーが棄権すれば極めて合格が難しくなる。それがいっぺんに三人ともなれば、望みは潰えたも同然だった。

あの様子では終場でもろくな結果にはなっていないはずだ。

「王凱のことを考えても仕方あるまい。我々は我々の健闘を称えればよいのだ」

「青龍さん、まだ合格したわけじゃないんだよ？　能天気すぎない？」

「院試から解放されただけでも爽快さ」

李青龍は呵々大笑する。意外と俗っぽいところもあるようだ。

雪蓮は声を潜めて尋ねた。

「……青龍。あんたは王凱のことを調べていたんじゃなかったのか」

「ん？　何のことだ？」

李青龍はきょとんとした。

「不正のことだよ。王凱が何かしてるって言ってただろ」

「ああ、確かに不正はあったはずだね。しかし、ああも凋落されてしまっては調べ甲斐もない。追い打ちをかけても仕方ないじゃないか」

李青龍は王凱の不正疑惑から興味を失ったらしい。

梨玉が「何話してるのー？」と不満そうに頬を膨らませる。

「内緒話？　二人ってそんなに仲よかったっけ？」

「よくない」

「よいに決まっている。もちろん私と雪蓮殿だけではないぞ？　丙三組はともに艱難辛苦を乗り越えた朋友だ、いっそのことさらに親交を深めるのも悪くないと思わないかね？」

「お前、何考えてるんだ……」

李青龍は笑みを深めてこんなことを言った。

「この近くに有名な大浴場があると聞いた。せっかく府城に来たのに素通りするのはもったいない、院試の疲れを癒やしに参ろうじゃないか」

え、と他の三人が声を漏らした。

それはまずい。確実に性別がバレる。

同じく梨玉も欧陽冉も具合が悪いようだ。

雪蓮は真っ先に拒否しておく。

「悪いが僕は遠慮する」

「何だ？　これから予定でもあるのかね？」

「そうじゃない。僕は――」

そこで雪蓮は一計を案じた。予定があると言ったら別の機会に誘われる危険性がある。ここは永久にお断りさせていただく方針にしておくべきだ。

「僕は肌を晒すのが嫌なんだ。大昔、火事に巻き込まれたことがあってな。その時の火傷のあとが未だに残っている。上半身にも下半身にもだ。これを誰かに見られたら、当時のことが思い出されて気絶してしまうのさ」

「そうだったのか。それは仕方がないな……」

無茶苦茶な理屈だが、李青龍は納得してくれたようだ。

今度は欧陽冉が身を乗り出して声をあげた。

「ぼ、僕も遠慮しておきます。面倒ごとが起こりそうですから」

「ああ、冉殿も仕方がないな。宦官は浴場に出入り禁止だったか」

「はい。だから梨玉さんと楽しんできてください」

「分かった。では梨玉殿、行こうじゃないか」

「ま、待って！」

梨玉が大慌てで立ち上がった。

「私も都合が悪いっていうか！　青龍さん一人で行ってきたら？」

「何だつれないな。梨玉殿も不都合があるのかい」

「えっと……」

助けを求めるような視線が雪蓮にまとわりついてきた。

何も思いつかなかったので無視しておいた。

梨玉が「そんなあ!?」とショックを受けた様子を見せる。頼りにされても困るのだ。男装を貫くと決めたのなら、この程度の窮地を凌げぬようでは話にならない。

「今日は孔子廟に行く予定なのっ」

「何故？」

「ちゃんと院試が終わったご報告をしようと思って……！」

「それが終わってから行かないか？」

「長いから！　たくさんお祈りする予定だから！」

「それは見上げた心意気だな。仕方ない、風呂は諦めるとしようか」

「う、うん！　そうしてくれると助かるなー」

梨玉は誤魔化すように笑っていた。

しかし李青龍が永遠に諦めたとは思わない。

これからどんな断り文句が見られるのか楽しみである。

（まあそれよりも）

問題は院試の結果発表だ。

はたして丙三組は生員になることができるのだろうか。

□

あっという間に発表の時はやってきた。

試院の中庭に集まっているのは、数多の童生、胥吏、府庁の役人、知府。さらには試験を担当した更朱や学政・王視遠。最後ということもあってか、院試に関係した人間が勢揃いしていた。

「うわ小雪。やっぱり王凱さん、様子がおかしいよ」

梨玉がひそひそと話しかけてきた。

童生たちの中に、悄然とした様子の王凱が立っている。もちろん取り巻きの三人組の姿はない。怒りとも焦りともつかない表情を浮かべ、歯軋りをしながら発榜の瞬間を待っているようだ。

李青龍がほくそ笑んで言った。

「気にする必要などないぞ梨玉殿。試験ではなく嫌がらせに力を割いているようでは、院試に受かるはずもあるまい」

「そうだね。私たちは私たちのことを考えなくちゃ……！」

梨玉は緊張した面持ちで前を向く。

ふと、王凱が雪蓮（せつれん）のほうを見た。

その瞳には、明確な憎しみが籠もっていた。

（愚かだな）

雪蓮は嘲りを込めて睨（にら）み返（かえ）してやった。

八つ当たりをしたところで意味はないのだ。

すべては自業自得。

盤外戦術に頼りすぎた者の末路。

信が足りない者は院試を通過できない。

最初に学政・王視遠が言った通りじゃないか。

その時、にわかに歓声があがった。

係員が榜（たてふだ）を運んできたのである。

「ねえ小雪、大丈夫だよね!?　私たち合格してるよね!?」

「それは結果を見れば分かるはずだ」

「何普通のこと言ってるの!? もっと安心させるような言葉をちょうだいよ!?」

「だ、大丈夫のはずですっ。青龍さんのおかげで問題は解けましたからっ」

「合格は三割……! 問題ない、問題ないと思いたいが胃が痛くなってきたぞ! ええい文字が小さい! 雪蓮殿、見えるか!?」

丙三組のメンバーも気が気ではない様子だった。昨日の慰労会ではすでに合格したような気分で騒いでいたというのに。

雪蓮は、押し合いへし合いをする童生たちの後ろから榜を眺めた。

どうやら発表されたのは総合得点と合否だけらしい。

終場自体の得点は省略されているようだが――

(なるほど)

雪蓮はくすりと笑った。

これこそ雪蓮が望んでいた結果に他ならないのだ。

合　**第一等**　**乙四**　**得点五百三十一**
合　**第二等**　**庚四**　**得点五百三十**
合　**第三等**　**甲一**　**得点五百二十八**
…

合　第十一等　癸二　得点四百九十二
合　第十二等　丙三　得点四百八十九
否　第十三等　辛一　得点四百八十八
…
否　第三十八等　戊一　得点四百三十七
否　第三十九等　壬二　得点四百二十一
否　第四十等　甲二　得点三百六十四

「受かってる……!?」

「あります！　丙三って書いてあります、本当に崖っぷちですけど……！」

「時なるかな時なるかな！　我らの努力が実ったのだ！　冉殿、梨玉殿、雪蓮殿！　私はきみたちと同じ伍になれて心の底から嬉しく思うぞ！」

「でも十二等ってことは、入れるのはいちばん下の学校ですよね？　僕が最初に足を引っ張っちゃったせいで……」

「構わないさ！　どこの学校であっても我々は生員だ」

「そうだよ冉くん！　今は喜ばなくちゃ！」

「は、はいっ！　ごめんなさい喜びますっ」

丙三組のメンバーは狂喜乱舞の有様だ。

正直、上位三割に入れるかどうかは極めて微妙だった。四場、終場の問題が非常に難解だったこともあって梨玉などは最後まで不安がっていたが、他の伍も点数を落としてくれたようでギリギリ滑り込むことができたのである。

そして——

落とすべき伍もきちんと落とすことができた。

もし王凱が院試に合格すれば、今後も妨害をしてくることは想像に難くない。

だから蹴落としたのである。

「やったねっ！　ほら小雪も喜びなよ」

「ああ。合格できてよかった」

雪蓮は梨玉に絡みつかれながら笑みを深めた。

群衆の中の王凱は、信じられないといった顔で丙三組を見つめている。

□

（有り得ない。あってはならない。こんな馬鹿げた結果は……）

王凱は呆然と榜を眺めた。どれだけ目を擦っても、甲二が「否」であることに変化はない。卓南王家の長男として権勢をほしいままにしてきた王凱は、今この瞬間、初めての挫折に直面しているのだ。

　原因は何なのか。そんなものは決まっているではないか。

　使えない甲二組のメンバーのせいなのだ。

　三場が終わった後、たとえば宋は王凱の宿屋に火をつけた。日頃から殴られていたことに対する仕返しなのだろうが、そんな馬鹿げた凶行に及ぶ者をそばに置いておくことはできない。王凱はすぐさま宋のもとへ急行すると、散々に痛めつけてやった挙句、試院から追放してしまった。やつは最後まで「知らない」とうそぶいていたが、李照が証言したのだから間違いはない。

　かくして甲二組は一人減った。しばらく経って落ち着くと「院試に響くのではないか」と後悔の念が押し寄せたが、いきおい殴りつけて追い出した手前、そう簡単に呼び戻すわけにもいかない。

（甲二は三場までに最高の成績を修めている。一人くらい抜けたところで上位は固い）

　そう判断して四場に臨むことにした。

　が、裏切ったのは何も宋だけではなかった。

　劉という男が、突然こんなことを言い出したのだ。

「王凱さん。父危篤の報が届きました」

「は……？　だからどうした」

「これを放り出して応試すれば親不孝となります。この土壇場で申し訳ございませんが、帰郷することをお許しください」

「ふざけるな！　今がどういう状況か分かっているのか!?　お前まで抜けちまったら、俺は不合格も同然じゃないか！」

「申し訳ございません。申し訳ございません……」

劉は何度も謝罪しながら故郷へと引き返していった。

王凱は唖然とするしかなかった。

すぐさま係員に事情を話したが、彼らは王凱の訴えを一顧だにしなかった。

「どんな理由であれ、特別措置は認められん。残る二人で鋭意努力したまえ。これは学政さまがお決めになったことだ」

「これでは運ではないか！　科挙の本旨に反している！」

「天運に恵まれることもまた、進士たる者の条件なのだそうだ」

ふざけるなと思った。

さらに王凱を襲ったのは、三度目の裏切りである。

最後に残った趙という男は、にやにやしながらこう言った。

「これじゃあ合格は絶望的ですね。……僕はね、王凱さん、こんな見込みのない試験はもう捨てようと思っているんですよ」

「何をほざく！　殴られたいのか！」

「うひゃあ、そうやってまた暴力を振るう。だから宋さんに見捨てられるんですって」

「お前も俺を裏切るというのか!?」

「この際だから言いますけどね、僕はもともと進士なんて目指しちゃいないんだ。三男坊ですからね、科挙登第なんて大それたことは兄さんたちに任せていればいい。僕は地元に帰って畑でも耕すとしますよ」

「貴様っ……」

趙はそのまま兎のように逃げていった。

かくして王凱は一気に三人もの仲間を失ったのである。

いや、それは決して仲間と呼称できるほど美しい関係ではなかった。宋、劉、趙の三人は、王凱にとっては自分が成功するための道具でしかなかったのだから。

残るは四場と終場だった。

宿屋が燃えたことで豆本も失い、カンニングに頼ることはできなくなったが、それでも王凱はプライドに突き動かされて問題を解き続けた。だが所詮は不正で生き残った不埒者にすぎない。筆はあっという間に鈍ってしまった。

四場の結果は十三点だった。

終場も大して得点することはできなかった。

そして今発表された最終結果によると、第四十等——つまり最下位での不合格。これほど不名誉なことはなかった。郷里の者たちにどんな顔で会えばいいのか分からない。

ふと、女々しい叫び声が王凱の耳朶を打った。

すぐ近くで丙三組の連中が飛び跳ねて喜んでいる。

耿梨玉、欧陽冉、李青龍、雷雪蓮。

(そうだ。元はと言えば、あいつらのせいだ)

やつらはいたずらに王凱の対抗心を煽ったのだ。

そのせいで受かるべき試験にも受かることができなかった。

ふいに雷雪蓮と目が合った。

氷のように冷たい瞳。

およそ情愛とは無縁の闇が湛えられている。

その瞬間、王凱は頭が沸騰するのを感じた。

「雷雪蓮っ!!」

いきおい駆け出した王凱は、童生たちが驚愕の視線を向けてくるのも気にせず雷雪蓮の腕をつかんだ。女のように細い腕だった。

「お前は。お前のせいで……」

だが、王凱の恨み言には冴えがなかった。

衆目の面前で何かをすれば、破滅するのは王凱のほうだった。そもそも雷雪蓮をはじめとした丙三組は、王凱の心理を揺さぶったにすぎず、明確な妨害をしてきたわけではないのだ。彼らを糾弾することは論理的に不可能だった。

「負けたからって見苦しいぞ王凱殿! 雪蓮殿から離れたまえ」

李青龍が口を挟んでくる。

係員たちが近寄ってくる気配もした。

耿梨玉が雷雪蓮を守るようにして立ちはだかる。

「……信だよ」

「は……？」

「あなたには信がなかったってこと。試験の趣旨を理解せずに仲間を傷つけたのが悪いんだよ？　分かってる？」

「違う！　あいつらが俺を裏切ったのが悪いんだ……！」

「まだ分からないの!?　そんなだから落ちるんだよ！」

「おい梨玉。それ以上煽っても仕方ないだろ」

「雪蓮殿、勝ち誇らなくてどうする！」

李青龍が前に出て言った。

「そもそも裏切られるようなことをしたのがいけない。王凱殿、あなたには科挙を受ける資格などなかったということさ。あまつさえ不正をして問題を解くなど道に反しているじゃあないか」

その瞬間、雷雪蓮がわずかに――本当にわずかに肩を震わせた。それは注視すれば不自然に思える動きだったが、自分のことで精いっぱいの王凱には気に留める余裕もない。

「おら！　大人しくしろ！」

係員が殺到し、数人がかりで王凱を取り押さえた。

王凱は呆然として学政・王視遠のほうを見る。

教師然としたにこやかな風貌。

しかし王凱に向けられる視線に、温もりは一切なかった。

（俺が悪かったのか……）

ついに王凱は己の言動を顧みる。

論理的に考えれば分かる。短慮を抑えていれば、少なくとも宋の裏切りは防ぐことができたはずだ。劉の帰郷はともかく、趙に見限られることもなかったと思われる。


子曰く、人の生くるや直し。

之を罔くして生くるや、幸いにして免るるなり。


『論語』雍也篇の一節である。――人は真っすぐ生きるものだ。曲がった生き方をして平気でいられるならば、それはたまたま運が良かったというだけのこと。

まさに王凱の天運はここで尽きたのだ。

（それもそうか。信を欠いたことに加え、不正をしているようでは……）

カンニング用の豆本を失ったことも敗因の一つだった。

が、そもそも王凱に実力が備わっていたならば、宿屋が燃えたところで痛くも痒くもなかったはずなのだ。

すべては、曲がった振る舞いをしていた王凱自身の責任。
雷雪蓮の言う通り、「自業自得」――
（ん？）
そこで王凱は何かに引っかかった。
先ほどの李青龍の発言に、違和感があったのだ。
――不正をして問題を解くなど道に反しているじゃあないか。
おかしい。そういうことは有り得ない。
そもそも不正のことは誰にも話していないのだ。
連中が知っているはずもない。
話したとすれば――
「あっ……！」
王凱は霹靂に打たれたような衝撃を味わった。
そうだ。そうだった。王凱はただ一人にだけカンニングの実情を教えていた。
一時気を許していた宿屋の従業員――李照である。
あの火事の夜に物別れして以来、その行方は杳として知れなかった。
だが、まさか、そんなことが有り得るのだろうか。
王凱は身を震わせながら雷雪蓮を見やった。
先ほど強引に腕をつかんだため、地味な色合いの上衣がよれ、首元の肌があらわになっている。

そこに刻まれていたのは、爪で引っかかれたような赤い傷痕だ。

あの火事の夜、王凱は李照に追いすがってその柔肌を裂いた。

記憶とまったく同じ場所に、まったく同じ形の傷が刻まれている。

背丈は同じ。顔の作りも似ている。女のように細い腕。声はよく分からないが、男にしては高めだった。

そうして王凱は、ついに恐るべき真実に思い至った。

「――照！　李照だろお前!?」

「！」

雷雪蓮は、弾かれたように振り返った。

その顔に浮かんでいるのは、図星を突かれた純粋な驚愕。

やはりそうだ。そうに違いない――

□

雪蓮は溜息を吐きたくなった。

放っておけば死ぬ獲物に関わる必要はないというのに。

余計な挑発をした梨玉もそうだが、李青龍が王凱の不正を指摘した瞬間、悪寒のようなものが全身を巡ったのだ。それは単なる直感だったが、これはまずいという懸念はみるみる肥大化していった。

案の定、結果は最悪のものとなった。

おそらく勘違いから導き出されてしまったのだ。

李青龍の発言から王凱の中に疑念が芽生え、雷雪蓮が李照であるという真実に思い至った。実際は李照と李青龍には何のつながりもないのだが、それを説明すれば今度は雪蓮と李照のつながりを証すことになる。

こんなことなら李青龍に口止めをしておけばよかった。

不正のことで王凱を追及するなと。

こちらで全部解決するから余計な口を挟むなと。

いや。だが。

冷静に考えてみれば、この事態を想定しておくのは極めて難しい。

雪蓮は天運によって窮地に立たされたのである。

「――おい、何とか言えよ!?　全部俺を潰すための罠だったのか!?」

「何の話だ？　僕は普通に試験を受けていただけだ」

「そんなはずがあるか！　じゃあ何故あいつが豆本のことを知っている？　お前が仲間に話したんじゃないのか？」

この場を切り抜ける方法はただ一つ、李青龍が独自にカンニングに気づいていた事実を王凱に理解させることだが——それはあまりにも薄弱な勝ち筋に思えた。

「言っている意味が分からないな。確かに李青龍はあんたが不埒を働いていると主張していたが……」

「雪蓮殿の言う通りだ。私は王凱殿が何か不正をしているのではないかと見抜いていた。いやしかし王凱殿、そんなことでは挙人進士に相応しい器とは言えないぞ？　次からは心を入れ替えて——」

「違う！　違う違う！　俺はバレるようなへまはしていない！　李照が教えたんだ！　その首の傷が動かぬ証拠じゃないか！」

やはり駄目だ。もはや手をつけられる状況ではない。王凱は確信をもって雪蓮を糾弾している。

何か。何か策は。

「おいみんな、聞いてくれ！　こいつは男のフリをしている女なんだ！」

「王凱殿、何を寝惚けたことを……」

「耿梨玉の時とは違う！　雷雪蓮は正真正銘の女なんだよ！」

波濤のごとくどよめきが広がっていった。

梨玉が慌てて割り込んでくる。

「小雪は男だよ!?　変な言いがかりをつけないでくれるかな!?」

「俺は見たのさ！　嘘だと思うなら調べればいい！」

「院試を受けてる時点で男でしょ！」

「身体検査に抜かりがあったのだろう！　おい係員、さっさとこの腐れ童生の身分を検めろ！　よく見れば女みたいな顔つきじゃねえか！」

喚く王凱。反論する梨玉。欧陽冉や李青龍も加勢する。

その他大勢の童生、役人、係員も大騒ぎだ。

合格発表の場は、別の意味で盛り上がりを見せ始める。

雪蓮はその騒乱を俯瞰しつつ、平静を努めて思考を巡らせた。

王凱の主張は、すべて正しいのだ。

雷雪蓮の正体は女。

そして李照という偽名を使って暗躍していた。

その目的は——王凱を生かすか殺すか見極めること。

当初の雪蓮ならば、王凱のごとき輩には迷うことなく鉄槌を下していたはずである。実際、最初に王凱に接近した時は、彼を排除するためのピースを集めることが目的だった。

しかし、梨玉が言葉を尽くして欧陽冉の心を開くのを見た瞬間、無慈悲な暴力だけが解決策ではないことを知った（そもそも殺人はリスクが高すぎる）。

ゆえに雪蓮は、急遽方針を変更し、懐柔できないかを試したのである。

李照として言葉巧みに諫言し、真っ当に院試に取り組むよう誘導するつもりだった。女としての振る舞いは梨玉を参考にしたので多少ぎこちないものとなったが、王凱は疑うことなく李照を受け入れてくれた。

途中までは上手くいっていたはずである。

だが、やつが自慢げにカンニングの手法を紹介した辺りから雲行きが怪しくなった。不正を働いたこと自体には大して興味もないが、李照を物のように扱い、どれだけ説得しても悪びれない様子には辟易したものである。

この男が院試を突破すれば、近い将来雪蓮たちの障害になることは明らかだった。不安の芽は早い段階で潰しておかねばならない。

だから李照は宿屋に火をつけた。

カンニング用の豆本を抹消する必要があったのだ。しかし豆本だけが消えたとなれば、その存在を知っている李照が真っ先に疑われる。何かの拍子で李照と雪蓮を結びつけられれば、余計な恨みを買う恐れがあった。だからこの場合の最善は、宿ごと豆本を燃やしてしまうことだったのだ。悪を大悪の中に隠してしまおうという算段である。

さらに李照は、王凱に反抗心を抱いていた宋に罪をなすりつけた。王凱はまんまと引っかかって宋を伍から追い出してしまったのである。

もちろん、他の二人についても手を打っていた。

劉には病がちな父がいる。ゆえに危篤の虚報を作って郷里に帰らせてしまった。

趙はもともと科挙には興味がない性質だ。買収すれば簡単に院試から降りることを宣言した。すでに二人が伍を去り、合格の目がなかったことも後押ししたようである。

かくして王凱を孤独に仕立て上げることに成功した。

あとは李照の——雪蓮の狙い通りだ。

不正の手段と伍のメンバーを失った王凱は、四場・終場ともに大して得点することができなかった。院試の序盤で飛ぶ鳥を落とす勢いだった甲二組は、一転、めでたく落第と相成ったわけである。

雪蓮の目的は達成されたも同然だった。

だが。しかし——

最後の最後で。

こんなことなら、有無を言わさず王凱を殺しておけばよかった。

仲間たちが余計なことを口走った。しかし彼らを恨んでも仕方がない。本人たちには雪蓮を陥れる意図などないのだから。

(何たる不運……)

もはや試院の中庭は取り返しのつかぬ喧噪に包まれていた。

大声をあげる王凱、甲高く叫ぶ梨玉、右往左往する係員たち。

童生たちの中でも合格して心に余裕のある者たちは、王凱に追随して「男だと証明してみせろ！」と笑っていた。

「王凱の言う通りだ！　証明できないと合格は取り消しだぜ」

「前から思ってたんだ。雷雪蓮は女なんじゃないかってね」

「まだるっこしいな！　脱げばいいじゃないか！」

「そうだ脱げ！　そうすりゃ一発で分かるよ」

下品な罵声。

梨玉たちが怒りをあらわにして叫んだ。

「失礼だよ⁉　そんなことするわけないでしょ⁉」

「まったくもって品がないぞ！　雪蓮殿、あんな連中に耳を貸すことはない」

「行きましょう雪蓮さん。僕たちは合格したんですから、ここに用はありませんっ」

「ああ……」

「待てよ雷雪蓮！」

王凱が係員を振り払って行く手を阻んできた。

肩をそびやかし、恨み骨髄といった目で睨みつけてくる。

「はやく証明しろ！　でなければお前は応試する資格はない！」

「その必要はない。自分が妄言を吐いていることが分からないのか？」

「学政さま！　この女を放置しておくというのですか！」

王凱は振り返って叫んだ。

衆人の視線は一点、静観を貫いていた学政――王視遠に集中する。この柔和な学政はしばし考える仕草を見せていたが、やおら己の顎に手を添え、あろうことか同席していた知府に話を振った。

「知府殿。どうしたらよいですかな」

これを受けた髭面の知府は周章狼狽して答える。

「院試の責任者は私ですが、試験官は王視遠殿でございますよ」

「では自由にやってよろしいということで？」

「お任せいたします」

「ふむ……」

王視遠は雪蓮を見つめた。

底知れない不気味な瞳。

ただの儒学者ではない、武力に裏打ちされた鋭さが宿っている。

誰もが固唾を呑んで動けずにいる中、王視遠は呆気なく告げるのだった。

「この場で調べていただきましょう」

「え……」

「これほどの騒ぎとなれば無視するわけにもいきません。雷雪蓮殿が男であると証明されれば、不埒な勘違いということで場は静まりますよ。迅速に彼の身体検査を行ってください」

学政の命を受けた係員たちが近づいてくる。

王凱が血走った目で笑った。

雪蓮はその場に立ち尽くして思考を巡らせる。

つぶさに身体検査をされれば、女性だと露見することは免れない。

それどころか、とんでもない辱めを受けることになる。

「ま、待ってください！」

梨玉が前に出て叫んだ。

「ここで調べるのは不適切ですよ！　役所で戸籍台帳を見ればいいじゃないですか！」

「そのような時間はありません。騒ぎを長引かせるのは憚られますから」

「じゃ、じゃあ！　せめて別の部屋にしませんか!?　こんなところで調べたら小雪が可哀想です！」

李青龍も雪蓮を庇うようにして立ちはだかる。

「梨玉殿の言う通りですよ。仕方がないのでお伝えしますが、雪蓮殿は身体に傷を負っているのです。それを衆目に晒されることは、彼にとって耐えがたい苦痛に他ならない。調べるなら別の方法で調べるのがよろしかろう」

「ええい知ったことか！　学政さまの命令だ！」

「ちょっと……！」

係員たちは聞く耳を持たなかった。

梨玉と李青龍を押しのけて近づいてくる。

逃げることはできない。

力で係員を制圧しても意味はない。

かといって何もしなければ、これまでの努力が水泡に帰す。

（……正体を見破られないこと。何があっても男のフリをすること。どんな理不尽があっても泣かないこと）

雪蓮は目を瞑って考える。

ついに運が尽きたということか。

それともこれは、雪蓮に課された試練なのか。

この程度で音を上げるようでは紅玲国への復讐など土台不可能である――そういう天神地祇の思し召しなのかもしれなかった。

（時間は残されていない……）

係員が近づくにつれ、雪蓮の鼓動は五月蠅いくらいに激しくなる。

いずれはこんな日が来ると思っていた。

女が男のフリをして科挙に挑むなど無理のある話。

どこかでバレて追い出されるのが落ち。

駄目だ。

（天網恢恢疎にして漏らさず）

ああ。

これまでの悪行が裁かれていく――

「小雪」

頭が真っ白になった瞬間。

いつの間にか梨玉がすぐそばに回り込んでいた。

その瞳には、どこまでも真剣な光が宿っていた。

「私は小雪と一緒に合格したい。小雪も同じ気持ちだよね?」

「え……?」

「小雪には感謝してる。これからも一緒じゃなくちゃ嫌なの。どんな手段を使ったとしても助けてみせるから……」

「梨玉。あんたは」

「大丈夫。今借りたから」

何を言っているんだ。

雪蓮にはその意図が微塵も理解できなかった。

しかし彼女の表情は、北辰のように煌めく自信に彩られている。

「梨玉さん! 本当にやるんですかっ」

「おい待て。梨玉殿は何をしようとしているのだ……?」

慌てふためく欧陽冉。

事情が呑み込めていない李青龍。

王凱が獣のように唸った。

「正体を表せ！　女狐め！」

係員が雪蓮に向かって手を伸ばした。

この状況で梨玉が何かをしても逆転できるとは思えない。しかし紅玲に復讐を誓ったあの日から、雪蓮の頭からは諦めるという選択肢が消えた。

最後の最後まで足掻かねばならない。

せめて時間稼ぎをしようと身構えた瞬間——

「！」

梨玉がするりと身を滑り込ませた。

雪蓮を庇うように立ちはだかったのである。

「何だ貴様、どけ」

「小雪は男だよ。これがその証拠」

そう言った梨玉の手には、茶褐色の小壺が握られていた。

中庭にいたほぼすべての人間が怪訝そうな顔をする。

梨玉が持っているのは、本当に何の変哲もない壺なのである。

王凱が肩を怒らせて歩み寄ってきた。

「無駄な足掻きをするんじゃねえ！　雷雪蓮はどう見ても女だろうが！」

「小雪が女の子に見えるのは、相応の理由があるんだよ」

きゅぽん。

梨玉が小壺のふたを開いた。

欧陽冉が「わあ」と悲鳴をあげて顔を覆う。

（まさか）

雪蓮の背筋が凍りつく。

小壺の中身に心当たりがあるのだ。

が。しかし。

いくらなんでも。

それは力業に過ぎるのでは。

「小雪は切っ、いっ、いるんだよ。これを見てもらえば分かるから」

中庭は時が止まったように静まり返る。敵将の首級を掲げるがごとく衆目にさらされていたのは、言葉を選ばずに言うならば——欧陽冉の、切断された局部だった。

□

「はあっ……!? な、な、何だそれはっ」

王凱は狼狽の極致に誘われた。

それは他の童生、係員、府の役人たちも同様で、試院の中庭は嵐のような喧噪に包まれてしまった。耿梨玉が掲げていた壺の中には、見えにくいが、確かに塩漬けにされた——

否、そこまで考えて王凱は首を振った。つぶさに考えたくもない。

係員が恐る恐るといった様子で小壺を検めた。

その顔がさっと青くなる。

「——学政さま！　これは本物ですよ」

中庭のざわめきはいっそう激しくなった。

王凱はその真ん中で呆然と立ち尽くしていた。

男が出世するには二つの道が存在すると言われている。

一つは膨大な時間を費やして四書五経を読み込み、堂々たる進士となって高級官僚に登用されること。もう一つは身体の一部を切除し、宦官として後宮に入って貴人に気に入られること。

後者は手っ取り早く栄達する手段として人気だった。

ゆえに紅玲国においては、去勢する男子など珍しくもない。

もちろん想像を絶する激痛を伴うはずなのだが。

（あいつもそうだというのか……）

では何故院試を受けているのか。

宦官を目指すならば、直接京師に行けばいいじゃないか。

そもそも出世のために局部を切断するという発想が常軌を逸している。

何だってそんな痛々しいことをしなきゃならんのだ。

理解できない。分からない。得体が知れない。

王凱の頭は雷雪蓮によってかき乱されていく。

王視遠が静かに問いかけた。

「雷雪蓮。あなたは男子なのですね」

それだけで波が引くようにざわめきが消えていく。

雷雪蓮は、何故かげんなりした様子で溜息を吐いた。

すぐに鋭利な眼差しで王視遠を睨み返す。

「……当たり前だろうが。その壺に入っているのは僕のものだ」

童生たちが歓声をあげた。

彼らにとっては面白い見世物でしかないらしい。

「なるほど。去勢した者が科挙を受けてはならないという法はありません。しかし、いささか妙な話ではありますね。何故あなたは科挙に挑んでいるのですか」

「僕は宦官を目指して去勢手術をしたわけじゃない。科挙に合格するためにやったんだ」

「というと」

「邪魔だから切った。僕は官吏になって世界を糺したいと思った。状元として合格するためには、余計な雑念は捨てなければならないのだ。それ以外のことはどうでもいい」

一同は唖然とした。

宦官になって栄達しようと目論んでいるのではない。心が色欲に煩わされぬよう切除したというのだ。そういう思いで科挙に臨んでいる人間がどれほど存在しようか。

童生たちは、打って変わって静まり返ってしまった。

異物怪物、自分たちでは到底敵わない化け物——そういう視線が雷雪蓮に突き刺さる。科挙に対する意識の違いをまざまざと見せつけられ、あいつは尋常の者ではないという恐怖にも似た空気が広がっていった。

そして雷雪蓮の毅然とした物言いは、王凱の頭を大きく揺さぶった。

「な、何を言ってやがる！　それでは不孝もいいところじゃないかよ！」

王凱の叫びは、極めて常識的な観点から発せられたものだ。子孫を残して一族を繁栄させることが称揚されるこの時代、宦官のように陽根を切除した連中は不孝者、日陰者と白い目で見られることも多いのである。

だが雷雪蓮は、むしろ王凱を鼻で笑って言うのだ。

「だからお前は破滅したんだろ」

「何を……」

「思考に靄をかける要素は捨てたほうがいい。それほどの覚悟がなければ、天下を変えることなどできないよ」

王凱の女好きは知れ渡っていた。それがために受験勉強が疎かになっていたことは否定できない。

いや、それは今はどうでもいい。

王凱は最後の負けん気を振り絞って食らいついた。

「じゃあお前……その首筋の傷は何なんだ！　俺がつけたものと同じじゃないか！」

「さっき李青龍が言っただろう？　僕の身体にはもともと傷があるんだ」

雷雪蓮は上衣をはだけて首筋を見せつけた。そこに刻まれていたのは、無数の傷痕である。王凱がつけたと思しきものだけではない——幾本もの赤い線が交錯するように刻まれているのだ。

「何だそれは……」

「だから見せたくなかったんだよ。……で、お前は何と勘違いしたんだ？」

「ち、違う！　違う違う！　そうだ、俺がさっき李照と呼んだ時に、お前は異常に反応したじゃないか！　あれは何だったんだ⁉」

「李照とは昔の皇太子妃のことだ。そんな貴人の諱を公然と叫ぶものだから、面食らってしまったのさ」

王凱は何も言えなくなってしまった。皇族にあまり興味がないため知らなかったが、周りの反応を見るに、雷雪蓮の言葉は真実のようだ。

（駄目だ。勝てない……）

つまり、雷雪蓮は李照ではなかったのだ。

官吏になるために去勢をした男。

こいつは先ほど、「天下を変える」と言った。

その真剣極まりない表情を見れば、一笑に付すのは不可能だった。雷雪蓮は心の底から紅玲を変えるために戦っている。王凱とは比べ物にならない、崇高な覚悟を胸の内に秘めているのだ。

「くそ……」

思わず呻いた。

放蕩三昧でろくに勉強もせず、いざ試験となれば暴力と不正で乗り切ろうとする不逞の輩には、決して辿りつくことのできない領域。

彼我の差は歴然だった。

他の童生たちも畏怖と尊敬の眼差しを雷雪蓮に向けている。

王視遠が和やかに言った。

「これで明らかになりましたね。何も問題はありません」

「学政さま。僕でなく王凱を取り押さえてください」

「その必要はないですね。すでに彼は害意を持っていないようですよ」

王視遠の言う通りだった。

王凱は愕然としてその場に座り込んだ。

中庭の熱気は消え失せ、童生たちは三々五々に散っていく。彼らはちらちらと雷雪蓮に目をやったが、ついぞ話しかける者はいなかった。

院試はすべて終わってしまったのだ。

そして王凱は、卓南王家に嘱望されながらも失態を演じた。不正な手段を使っていたからというのもあるが、何よりの原因は、王凱が他者を信用することを——信を忘れていたからに他ならない。

目の前では、合格を祝う丙三組の連中がはしゃいでいた。

飛び跳ねて喜ぶ耿梨玉、欧陽冉。微笑みを浮かべて腕を組んでいる李青龍。

そして雷雪蓮は、しばらく仏頂面で耿梨玉の抱擁を受けていたが、ふとこちらに気づいて視線を向けてきた。

心の底から見下すような瞳。

すれ違いざま、王凱の耳元で囁いた。

「僕の邪魔をするな。お前に世界は変えられない」

反論するべくもなかった。

王凱は、その場にがっくりと崩れ落ちる。

院試を突破することができた丙三組は、県学への入学を許可され、生員の身分を獲得した。これからは科挙の本試である郷試に備える日々が始まるのだ。

朝廷は科挙制度の改革に着手したという話だ。今度の試験は院試と同じか、あるいはそれ以上に厳しいものになることが予想された。しかし、小雪や仲間たちと力を合わせれば怖いものはない――梨玉はそんなふうに考えている。

今、梨玉は試院の柳の木の下にいた。

県学の入学式は明日行われるが、礼服はすべて向こうが貸与してくれるため、特に準備はいらないらしい。そこで梨玉は、この機に片付けておくべき問題を片付けておくことにしたのだ。

「あ……小雪！」

落ち葉を掌中でもてあそんでいると、ゆったりとした足取りで雪蓮が現れた。相変わらず氷のようにクールな表情だった。

「何の用だ。わざわざこんなところに呼び出して」

「人気がないほうがいいかと思って」

雪蓮は溜息を吐いた。

「出発の準備をしたらどうだ。部屋にまだ私物が残っていたぞ」

「大丈夫だよ。今日の夕方までに出ればいいんだから」

童生たちは試院の会館に宿泊しているが、院試が終わったら退去しなければならないのだ。雪蓮はすでに荷物をまとめたのか、大きな荷袋を担いでいる。出発する準備は万端らしい。

「それより小雪。話があるんだけど」

「何だよ。もう謝られても困るんだが」

「ご、ごめん！　やっぱり気にしてるよね……!?」

「してない。困るって言ってるだろ」

院試の結果発表の時、梨玉は雪蓮にかかった疑惑を晴らすために強引な手法を用いたのだ。ちなみに欧陽冉は雪蓮が肌の露出を嫌っている（ことになっている）ことを承知していたため、咄嗟の場面でも快く小壺を貸してくれた。

かくして辛うじて切り抜けることはできたが、雷雪蓮が去勢された男子であるという話はまたたく間に広がってしまった。あの瞬間は雪蓮も梨玉の思惑に乗ってくれたが、歓迎すべからざる事態だったに違いない。それを負い目に感じた梨玉は、院試が終わってから何度も雪蓮に頭を下げていた。

「本当にごめんね！　誤解を解けるように頑張るから……って誤解を解いちゃまずいんだ

った⁉　どうしたらいいかな……⁉」

「いいよ。梨玉が僕のことを思って行動してくれたんだ。やり方は奇想天外だったけど、その気持ちには感謝しているから」

「小雪っ……！」

感激した梨玉は雪蓮に抱き着こうとした。

が、寸前のところで紙のように身を躱されてしまった。

「……話は終わったな。それじゃ僕はこれで」

「待って！　そうじゃないの」

梨玉は雪蓮の手首をつかんで引き留めた。

雪蓮は面倒くさそうに振り返る。

「まだあるのか？」

「うん。ずっと気になってたんだけど……」

梨玉はちょっと迷ってから言った。

「李照って小雪でしょ？」

一瞬、沈黙が発生した。

雪蓮の眉がぴくりと動く。

「……いつから気づいていた？」

「王凱さんが、小雪のことを李照って言った時から」

「………」

そこから記憶が掘り起こされていった。

だが思い返してみれば、李照という少女は相当に変だった。

あの天真爛漫な少女は、一見すれば雪蓮とはかけ離れた存在に思える。声、仕草、顔立ち、匂い――そのどれもを巧妙に隠しているからだ。少なくとも李照と相対していた時はまったく気づくことができなかった。

しかし、一度疑問を覚えた梨玉にはすべてが疑わしく感じられた。

雪蓮と李照が一致するまでそう時間はかからなかったのである。

問題は、雪蓮がそんなことをした理由だ。

雪蓮のことだから、「女の子の恰好をしてみたかった」で終わるとは思えない。

梨玉は首を傾げて問いかけた。

「ねえ、何であんなことしてたの？　別人になって私に会いにくるなんて……」

「そういう趣味だ」

「嘘だよ。ううん、まるっきり嘘ってわけじゃないかもだけど、もっと深い理由があるんだと思う」

「ない」

「じゃあ何で王凱さんは小雪のことを李照って言ったの？」

「それは……」

「私の目を見てよ」

その大きな瞳を真正面から見据えてやる。雪蓮はしばし居心地悪そうにしていたが、やがて観念したのか、梨玉から逃げるように目を逸らして言った。

「……分かったよ。説明する。隠したってしょうがないしな」

「うん！」

□

発端は梨玉に女の子らしい恰好をしてみたらどうだと助言されたことだ。

県試の会場でも女装をして暗躍していたが、これを極めれば後々の試験でも役立つと踏んだ。だから雪蓮は女物の襦裙に身を包み、梨玉の前に姿を現したのである。梨玉すら欺けるようであれば、雪蓮の女装は完璧に近い。

はたせるかな梨玉は李照が李照という人間であることを信じて疑わなかった。雪蓮はこれで自信を深め、女装を手札の一つに加えたわけである。

「……あんたに言われたからな。女子らしい振る舞いも身につけろって」

「えっ、じゃあ私のために……!?」

「そうじゃない。僕が女の姿であんたに近づいた理由は、どこまで通用するか確かめたかったからだ。気づかれなければ、僕の女装は武器として使えるということだからな」

「まさか、それ使って悪いことするつもりだったわけ～？」

「試験を有利に進めるための布石だ」

「でも小雪（こゆき）、あんな話し方ができるなんてすごいね？　もう完全に女の子って感じだったから、すっかり騙（だま）されちゃった。どこで勉強したの？」

あんたを見て学んだんだ——とは言わずにおいた。

雪蓮は咳払（せきばら）いをして言葉を続けた。

「どこでもいいだろ。とにかく僕はそれで女装は使えると思った」

「あの忠告は何だったの？　消えた公主がどうこうっていう……」

「あれは本当にただの忠告だ。役人が公主を捜していたのは事実だから、あんたが捕まらないようにと思ってな」

本当は梨玉に地味な恰好をさせるための方便だった。

が、今となってはどうでもいい。

梨玉は覚悟を貫き、女の恰好で院試（いんし）を合格してしまったのだから。

「へえ……それで、小雪は王凱（おうがい）さんに近づいたってわけだ」

「ああ。李照として王凱に接触し、説得を試みた。結局駄目だったけどな。あいつは根っからの悪党だったんだよ」

雪蓮が王凱を陥れたことについては伏せておいた。

これを知れば、梨玉は烈火のごとく怒るだろうから。

しかし梨玉は、悲しそうに眉根を寄せて雪蓮の手を取るのだった。

「そういうことは、やめてよ」

「どういうことだ？」

「小雪が無理をしていると思ったから……首の傷も心配だよ」

虚を衝かれたような気分になった。

梨玉の瞳には、純粋な心配の色が浮かんでいたのだ。

王凱に引っ掻かれた晩、雪蓮はどうするか考えあぐねた。もし王凱に傷が見つかれば、李照であると看破される危険性があったからだ。何かの拍子に服がずれれば見えてしまうし、化粧道具では完全に隠すことができなかった。ゆえに、より多くの傷を自分でつけることで元の傷を隠してしまったのである。

だが、雪蓮には無茶をしたつもりは一切ない。梨玉が心配することではないのだ。

「……問題ない。あんたに言われる筋合いはないよ」

「駄目なの！　小雪ばっかり危険な目に遭わせられないから」

「危険なものか。僕は王凱ごときに後れは取らないよ」

「そうだとしても！　やるなら私に相談してよね」

「何故」

梨玉は怒ったように雪蓮を見つめた。

「信だよ信！　王視遠さんの言葉を忘れちゃったの？　同じ伍の仲間なんだから——小雪

と私は一緒に殿試を合格して官吏になるんだから。隠し事はなしだよ」

「………」

すぐに返答することはできなかった。

あまりに清らかな心だ。

梨玉と一緒にいると胸が痛くなる時がある。

光が強ければ強いほど影が濃くなるように、相対する者の暗さが際立ってしまうのだ。

今なら身投げに走った欧陽冉の気持ちが分かった。

ともすれば、梨玉のような人間が天下を取るべきではないかとさえ思えてくる。

やはり雪蓮が歩むべき道とはまったく違った。

「ああ……そうか。そうだな」

隠し事はなし――無理な相談だった。

王凱のことをとやかく言えない。

雪蓮は梨玉の信頼に背いているのだ。

だが、この場で本心を打ち明けても支障をきたすだけだった。

雪蓮は頷くと、心にもない反省の言葉を口にする。

「悪かった。次に何かやる時は相談するよ」

梨玉の顔がパッと明るくなった。

「よろしい！　じゃあ次の話だけど」

「まだあるのかよ」

「李照になってよ。もう一度会いたいなって思って」

「はあ……？」

呆気に取られてしばし沈黙した。

「……必要あるか？」

「あるよ？　すっごく可愛かったから」

「それは理由になっていない！　もういい、僕は出発するからな」

「小雪、私は怒ってるんだよ？　私に内緒で無茶をしたよね？」

「それは今許してくれたんじゃ……」

「怒りが再燃しました！　よく考えたら、王凱さんに正体を見破られて大変なことになったんだよ？　私がいなかったら、今頃小雪は試院を追い出されていたんだかんね」

そこを突かれたらぐうの音も出ない。

雪蓮が助かったのは、梨玉の機転によるのだから。

「……分かったよ。一回だけな」

梨玉が目をきらりと輝かせた。

「やったあ！　じゃあ早く着替えてよ！」

「触るな！　そこの木陰で支度するよ。あんたは誰も来ないか見張っていてくれ」

「はーい」

雪蓮はそそくさと柳の裏に身を隠した。本当なら李照としての姿など見せたくもなかったのだが、梨玉の強情さを見るに、さっさと望みを叶えてやったほうが早く終わるだろうという判断である。

雪蓮は溜息を吐いて荷袋を解いていった。李照の時に着ていた襦裙が出てくる。実は雪蓮の母親のおさがりだった。

「……これから生員かあ。何だか実感が湧かないね」

木の反対側にいる梨玉が話しかけてきた。

雪蓮は上衣を脱ぎながら答える。

「そうだな。この時点で色々と仕事は融通してもらえるぞ。わざわざ郷試、会試に合格して進士にならなくても、小役人くらいなら……」

「もう、小雪ったら、何を言ってるの？　私たちは紅玲国を変えるために頑張ってるんでしょ？　郷試、会試はもちろん、殿試まで受からなくちゃ駄目だよ」

雪蓮は、ああ、と頷いた。

「やはり皇帝に会わなくちゃ始まらないな」

「皇帝？　天子さまに……？」

「いや、最後の殿試は皇帝と面接する試験だから」

「そっか。そうだよね」

鏡を用意して髪を整え、唇に紅をひいて化粧を施す。

襦裙を身にまとえば、雷雪蓮らしさは欠片も残っていない。

「……ねえ小雪。これからも一緒に頑張ろうね」

「急にどうした。郷試が今回みたいな試験とは限らないだろ」

「それはそうだけど、なるべく助け合おうねって」

「まあ。そういうことなら善処するが」

「うんっ。よろしくね、小雪」

それからしばらく梨玉と言葉を交わし、雪蓮は深く思惟する。

梨玉は雪蓮に全幅の信頼を置いている。それは彼女の態度からも明らかだった。一方、雪蓮のほうは梨玉を信頼していない。そもそも雪蓮には人を信頼するという観念が存在しない。

すべては目的を達成するための道具。

梨玉とつるんでいるのも、利を優先させた結果にすぎない。

梨玉が目立つことで、雪蓮が女性であることが露見しにくくなるのではないかという打算である。

信という概念からはかけ離れていた。

だが、梨玉の温かい眼差しを受けるたび、雪蓮は奇妙な感慨に襲われるのだ。

（いや。そんなことはないはずだ……）

雪蓮は己の胸に手を当てた。

復讐の炎が衰えた様子はない。

まだ大丈夫。

「小雪ー？　まだなのー？」

「……着替え終わった」

「おっ！」

梨玉が意気揚々と木の裏に回り込んできた。

春風が吹く。スカートの裾がひらひらと靡いた。雪蓮は何やら気恥ずかしいものを感じて横を向いたが、その刹那、眼前に立っているはずの梨玉が絵画のように凍りついていることに気づく。

「ど、どうした……？」

「……へ!?　いや、あの、その……なんていうか……」

「言いたいことがあるなら言え。後学のために」

さすがに言葉遣いまで李照に寄せることはできなかった。

梨玉は銅像のように押し黙っている。耳まで熱くなっていくのを感じる。いい加減にしろと怒鳴りつけたくなった瞬間、再び強い風が吹いて尻込みしてしまった。

梨玉がぽつりと言った。

「きれいで見惚れちゃった……」

「は？」

「小雪、すっごくきれいで可愛いよ」

真面目な顔でそんな戯言を抜かすやつがあるか。

羞恥のために顔を真っ赤にした雪蓮は、我慢の限界に達して踵を返した。梨玉を置き去りにして試院の外を目指す。

「どこ行くの小雪……!?」

「どこでもいいだろ！　一人にしてくれ！」

「あ、そうだ！　この後丙三組のみんなで打ち上げがあるんだけど！　小雪がその恰好で来てくれたら、皆びっくりするんじゃない？」

「阿呆か！　絶対に他のやつらに言うんじゃないぞ！」

「あはは、分かってるよ！　私たちだけの秘密だもんね」

大笑いする梨玉を尻目に雪蓮は直走る。

にわかに前方から声が聞こえてきた。

「ああ！　そんなところにいたのか梨玉殿！」

ぎょっとして立ち止まりそうになった。

李青龍と欧陽冉が建物のほうから歩いてくるのだ。不審な行動を見せれば怪しまれるため、雪蓮はむしろ堂々とした歩調で彼らとすれ違った。李青龍がちらりと振り返る気配を見せたが、気にせずずんずん去る。

（やられた）

梨玉には手玉に取られてばかりだった。

いつか意趣返しをしてやりたいところである。

□

梨玉は雪蓮の姿を見送りながら笑う。

あの子は可愛い。きれいだ。しかも強くて賢い。自分にないものをすべて持っている。

だから惹かれるのだ——ずっと一緒にいたいと思えるほどに。

雪蓮には助けられてばかりだったが、今回ばかりは少しは役に立てたのではないかと自負している。これからもお互いに切磋琢磨できたらいいなと梨玉は心底思った。

「梨玉殿！」

入れ違いでやってきたのは、李青龍と欧陽冉だった。梨玉や雪蓮のことを捜していたらしい。

「青龍さん。ごめんね、まだ出発する準備ができてなくて——」

「それは後でいい！　先ほどすれ違った女性は梨玉殿の知り合いか？」

「え？」

予期せぬ角度からの質問だった。

梨玉は咄嗟に答える。

「ううん、知らない人だけど」

「なんだ。そうなのか……」

李青龍は辻芝居のごとく大仰に残念がった。

「どうしたの？　あの人に何か用？」

「いや失礼。あまりに美しい方だったので気になってしまってね。冉殿もそうは思わないかい」

「はい。とてもきれいな人でした……」

欧陽冉は頬を染めて雪蓮が去っていったほうを見つめる。

あれが雷雪蓮だと明かしたらどんな反応をするのか気になったが、約束を反故にするわけにはいかない。梨玉は手を後ろで組んでにこりと笑った。

「誰だろうねえ？　私もすっごく気になるよ」

「あれほど可憐な人物はなかなかいない。貴い身分の方かもしれないぞ」

「あ！　もしかして消えた公主じゃ……!?」

「いや冉殿、それは誤報だったそうだよ。知府から正式に撤回されたらしい。そもそも連中が捜していた長楽公主は六年前の政変で死んでいるはずなんだ。この辺りで見つかったという報告自体が間違っていたのさ」

「そうなんですか……」

梨玉はちょっとした優越感を覚えた。

雪蓮の秘密を独占しているという事実は、何物にも代えがたい宝物のように思えてならなかった。やっぱり李照としての姿は無闇にしてもらわないほうがいい。だって独り占めしたいから。

「それよりどうするの？　打ち上げするんでしょ？」

「そうだな。しかし雪蓮殿がいないようだが……」

「お部屋じゃないでしょうか？」

「部屋にはいなかったよ。たぶんその辺を歩いてるんじゃない？」

「では捜しに行かなければならないな。梨玉殿も早く準備をしたまえ、役人どもが出て行けと五月蠅いぞ」

「うん！」

梨玉は頷いて歩き出した。

が、もう一度だけ振り返って思考する。

雷雪蓮。梨玉の大切な仲間。

一見すれば知的でクールだが、発する言葉の端々から尋常ならざる熱意が伝わってくるのが分かる。梨玉と同じで本当に天下を変えたいと思っているからこそである。

だが――確証はない。単なる直感にすぎない。

梨玉には、ピンとくるものがあった。

「小雪。まだ何か隠しているよね……？」

　雷雪蓮の原風景は、炎に包まれた楽園の惨状だ。

　それは皇太子の家族が住んでいる館。

　突如として発生した火の手はまたたく間に世界を蹂躙(じゅうりん)し、雪蓮の大切なものを奪っていった。つい先ほどまで中庭で飼っていた鳥と戯れていたのに——この青天(せいてん)の霹靂(へきれき)のような悲劇は何なのか。

「よく燃えているな」

　火の粉が舞う宵闇を背に、一人の男が立っていた。

　皇帝譲りの大柄な体躯(たいく)。庶人では有り得ない重瞳(ちょうどう)。

　雪蓮の傍らに佇(たたず)み、京劇に興ずるがごとく炎を眺めていた。

「あれは悪を焼く炎だ。世にも美しい」

「……悪？」

「兄は愚かだった。あれが帝位に就けば、遠くないうちにこの国は亡(ほろ)びることになる。だから私が摘んでやった」

　身体(からだ)が震えてきた。

この男のことが恐ろしくてたまらなかった。

底が知れない。得体が知れない。人のことを人とも思わぬその瞳には、人ならざる怪しい光が宿っている。仮にも兄弟のはずなのに、この男の兄——雪蓮の父とは、根っこの部分から性質が異なっていた。こいつは放置してはいけない怪物の類いだった。

男は、雪蓮をちらと見下ろして言った。

「憎んでいるのか？」

「…………」

「それはお門違いだ。お前は宮中で遊んでいるばかりで何も知ろうとしなかった。だから破滅を迎えたのだ」

その言葉が深く心に突き刺さった。

うずくまる雪蓮に、男は邪悪な微笑みを向けるのだった。

「食う者か食われる者か。それが天の摂理なのだ。お前は廃太子の子にして無力な姫にすぎない——私に取って食われるべく生まれてきたのだろう」

「……！」

「地に這いつくばれ。それがお前に似合っている」

宵闇が深まる。

炎が激しくなる。

心の内に芽生えたのは、激烈な無力感、上昇志向、そして——復讐の心。

無感動に家族を殺した者には、この手で鉄槌を食らわせてやらねばならない。

ぐっと涙を堪えた。

泣いてはならないのだ。

感情は行動を鈍らせる重りとなる。

(姫君だから？　罪人となった元皇太子の娘だから？)

そんな馬鹿げた話は有り得ない。

力をつければ、誰だって〝食う者〟になることができるはずだ。

この男を倒して紅玲国を破壊するまでは、雪蓮が止まることはない。

□

不意に過去のことが思い起こされ、首を振って余計な念を振り払った。あの日のことは今でも克明に記憶しているが、闇雲に反芻しても仕方がない。復讐の炎に薪をくべることはできるが、同時に胸に疼痛をもたらす劇薬でもあるから。

今はそれよりも今後のことを考えなければならない。

梨玉と別れた雪蓮は、李照の姿をしたまま町を歩いていた。

院試を終えた府城は人いきれで暑いくらいだったが、雪蓮の心には、氷のように鋭く冷たい意志だけが宿っている。

（今回は梨玉に助けられてしまった）

自分の力を過信した愚か者の末路だ。

梨玉の手法は県試では不発に終わったが、院試では存分に効力を発揮したといえる。たとえば欧陽冉の懐柔は雪蓮にはできなかったことだ。そして何より発榜の瞬間、雪蓮にかけられた嫌疑を晴らしたのは、他でもない梨玉の奇策なのである。

（もっと強くならねば。誰にも頼らず生きていけるほどに）

このままではいけない。

梨玉の力に頼っているようでは、復讐など到底叶わないのだ。

（どんな障害も打ち砕いてみせる）

雪蓮は決意を新たにした。

元より王凱などに構っている暇はないのである。

思い返してみれば、今回の院試における真の敵は他にいた。

四人組の強制、そして連帯責任を伴うルール。

これらは雷雪蓮個人を振り落とすための特別措置に他ならなかった。

雪蓮の思考は、自然と頭場（一回目の試験）の前日まで遡る——

□

「ようやくお見つけ申し上げました。よくぞご無事で……」

知府の応接間に呼び出された雪蓮を待っていたのは、院試の試験官、学政・王視遠だった。しかし先ほどの講義で見せた泰然自若とした雰囲気は鳴りを潜め、再会を喜ぶような親しげな空気が感ぜられる。

雪蓮は憎しみの籠もった目で王視遠を見上げた。

にこやかな拱手が返ってきて胸を悪くした。

その慇懃な儒者然とした振る舞いは、雪蓮の傅育を担っていた時から何も変わっていない。こうして再会できたことが悪夢のように思えてくる。

雪蓮は舌打ちをして目を背けた。

「……消えた公主の噂を流したのは、あんたか」

「そうすれば公主のお耳に届くかと思いまして」

「やめろ！　僕は公主などではない」

「いいえ。あなたが先代炎鳳帝の血を引く皇族であることは、決して歪められない事実なのですよ――長楽公主・夏雪漣さま」

もはや胸糞が悪いという段階をとうに越していた。

この男は幼い頃の雪蓮を知っている。

夏雪漣。それはかつて雪蓮に与えられた姓と諱だった。そして長楽公主の称号は、先代の皇帝である爆宗炎鳳帝・夏璽聖から与えられたものだ。雪蓮の父親は皇太子として将来を嘱望されていたから、その娘も蝶よ花よと育てられてきた。その際に教育係として雪蓮に経書と武術の手ほどきをしていたのが、いま雪蓮の目の前に立っている男、王視遠なのである。

「僕をどうするつもりだ。罪人としてしょっぴくのか」

「どうして罪がおありでしょうか。あなたの父君——夏鉉世さまは、権力争いに敗れて処刑されましたが、その弟君である今上陛下は慈悲深いお方。あなたが望みさえすれば、再び宮廷に舞い戻ることも不可能ではありません」

そんな与太話があるはずもない。

雪蓮の父親・夏鉉世は、弟である夏鐘世に陥れられて皇太子の地位を奪われた。娘である雪蓮は免れたものの、宮廷を追われ、野に放逐されることになってしまった。それから世の辛酸を舐めたことは言うまでもない。生きるか死ぬかの境目で荒野を流浪し、流れ着いた先が黎家集の雷家だった。

今の皇帝が〝消えた公主〟のことをよく思っているはずがないのだ。

そもそも、頼まれたって宮廷になど戻りたくはない。

家族を破壊した紅玲国は、雪蓮にとって滅ぼすべき巨悪なのだから。

「王視遠。あんたは勘違いしているよ」

「勘違いですか」

「僕は夏雪漣ではなく雷雪蓮だ。皇族に復帰など冗談ではない」

「しかし雪漣さま。あなたはご苦労なさっているようだ」

　王視遠の目には憐れみがこもっていた。

　それが雪蓮の神経を逆撫でしていく。

「私はずっと案じていたのですよ。あの騒動で雪漣さまのお姿が消えた時から、血眼になってお捜し申し上げていました。不埒な抗争によって罪のない者が放逐されるのはおかしいのです。これまで苦しい道を歩んできたでしょうから、そろそろ楽になってください。私が責任を持ってお支えいたしますよ」

「必要ない！　余計なお世話だ」

「科挙などという泥臭い戦いに身を投じる必要はないのです。私の言うことを聞いてくだされば、身の安全は保障いたしますから――」

「必要ないと言っているだろうが！」

　雪蓮は激昂して卓上の皿を投げつけた。

　雷のような音を立てて破片が散らばる。

　慌てて駆けつけた軍夫を手で制し、王視遠は静かに言葉を続けた。

「何故そこまで強情なのですか」

「僕は進士登第を果たして官吏になる。腐りきった紅玲国を変えてやるんだ。これは父母が殺された時から胸に秘めていた野望だ」

「そんなことは我々に任せておけばいい。雪漣さまが考えることではない。皇帝一族の、しかも女性が科挙を受けるなど前代未聞ですよ」

「甘く見るな！　世界を変えるのに身分も性別も関係ない！」

しばらく睨み合いが続いた。

この男の腹の内は読めなかったが、紅玲に忠誠を誓っている時点で雪蓮にとっては敵のようなものだ。ここで王視遠の誘いに乗って安逸を選んでしまったら、これまでの道程がすべて烏有に帰す。

王視遠は、不意に相好を崩した。

雪蓮の意志が固いことを悟ったらしい。

「さすがは雪漣さまだ。私の想像を容易く超えてくる。思えばあなたは幼い頃から優秀でしたね。それは父親譲りといったところでしょうか」

「僕のことを報告するつもりか？　あの性根が腐った皇帝に……」

「誰にも告げ口はしませんよ。雪漣さまの美しい努力を台無しにするのは本意ではありませんから」

雪蓮は不気味に感じて王視遠を見つめた。

眼鏡の奥の瞳が、まっすぐ雪蓮を見返す。

「ただ、私の意志は変わりません。やはりあなたは悲劇を忘れて平穏に暮らすべきだ。ゆえに一つ、勝負をしてみませんか」

「勝負……？」

「此度の院試であなたが合格することができれば、もはや何も言うことはありません。あなたは雷雪蓮として進士を目指すのがよろしい。もちろんあなたの存在は誰にも言いませんし、これ以降、私は関与することもありません」

「本当か？」

「欺くことなかれ、と言いますよね。そして儒学で信の重要性が説かれていることは先の講義通りです。どうして私が尊敬する雪漣さまに空言を吐きましょうか」

「……分かった」

　雪蓮は頷いて踵を返した。

　王視遠が本気の目をしていたからだ。

「合格すればいいんだな。梨玉たちと一緒に」

「勇敢ですね。あなたにとっては不利な戦いなのに」

「余裕をかましていると足を掬われるぞ。先ほどあんたは更朱という者たちによって答案が二重に審査されると言ったが、それはつまり、学政の裁量による恣意的な審査が不可能であることを示している。それなら僕にも勝ち目はある」

　王視遠は笑った。

「だから問題のほうで叩きのめすしかありません」

「やれるものならやってみろ。僕は必ず科挙登第を果たす」

「その道は地獄ですぞ」

「構わない」

雪蓮は振り返らずに歩き始める。

にわかに王視遠が労わるような声をかけてきた。

「ではせめて信を大切に。窮地を助けてくれるのは、いつだって朋友なのですから」

□

敵の仕掛けは単純だった。

雪蓮の伍に回し者を紛れ込ませたのである。

これは当然予想して然るべき攻撃だ。そもそも王視遠が試験官だと判明した時点で何かを仕掛けてくることは明白だったから、雪蓮は伍のメンバーを選ぶのに慎重を期した。李青龍は疑問に思っていたようだが、早々に「伍を組まないか」と誘ってきた童生たちを一蹴していたのはそういう理由である。

だが、問題ないと判断して仲間にした欧陽冉こそが回し者だった。

否、後々から回し者に作り替えられたと表現するべきか。

彼は王凱に指示されて丙三組の点数を下げていたと思い込んでいたが、事情は微妙に異なる。欧陽冉の部屋に置かれていたという手紙——雪蓮はその筆跡から気づくことができたが、あれは王凱が仕込んだものではなく王視遠直筆の脅迫状だったのである。

つまり、欧陽冉は王視遠にも別口で脅迫されていたのだ。

丙三組のメンバーの中で、もっとも御しやすいと判断されたのだろう。

王凱という存在が事態をややこしくしていたが、王視遠の狙いは、欧陽冉を獅子身中の虫として利用することだった。頭場の試験が異様に平易な問題だった理由は、丙三組とそれ以外の点差を大きく広げるため。約三十点も引き離されてしまえば、丙三組は再起不能になったも同然だからである。

そのための伍。連帯責任。個人の点数の不開示。

最初から雪蓮と反目することを見越しての試験だったのだ。

だが、梨玉は欧陽冉を説得して王視遠の策略を破壊してしまった。

結局、雪蓮は仲間たちに助けられたことになるのだ。

(僕もまだまだだ)

路地裏で男の姿に戻った雪蓮は、青空を眺めて嘆息した。王視遠との勝負はこちらの勝ちで終わったが、どうにも釈然としない。これでは「信を大切に」という忠告そのままの結果ではないか。ともすれば、やつは雪蓮に信頼関係の尊さを知らしめるためにこんな試験を実施したのではないかとすら思えてきた。

気に食わない。まったくもって気に食わない。

雪蓮を地獄に突き落としたあの男は、たった一人の力で政変を起こした。

だからこそ復讐は孤独に成し遂げなければならない。

やはり力をつけなくてはならなかった。

梨玉に頼ることがないように。

実力だけで紅玲国を潰すために。

そのためには――

「いたいた！　小雪！」

「！」

人垣の向こうで梨玉が手を振っていた。一瞬、その場から逃げ出したくなったが、すんでのところで堪えて梨玉のもとに歩み寄る。

「こんなところで何やってるんだ？」

「それはこっちの台詞だよっ！　これから打ち上げだってのに、小雪ったら、どこで油を売っていたの？」

「散歩だ」

「じゃあ暇じゃん！　はやく行こうよ」

梨玉が遠慮なく腕をつかんできた。

雪蓮は少しだけうろたえる。

「行くってどこへ」

「もちろんお店。冉くんも青龍さんも待ってるよ？」

「いや。僕が参加しても……」

「小雪がいなくちゃ始まらないのっ。だって小雪は私の大切な人だかんね！」

真正面から花のような笑顔を向けられ、雪蓮はわずかに呻(うめ)いた。

春風に彩られたその立ち姿は、日陰で生きてきた雪蓮には直視が難しい。

得体の知れない感慨に襲われ、束(つか)の間(ま)動きを止めた。

梨玉が心配そうに顔を覗(のぞ)き込(こ)んでくる。

「大丈夫？　お腹(なか)痛い？」

「……いいや。何でもない」

頼れるのは自分の力だけ。

すべての他人は目的を達成するための道具。

そう言い聞かせていたはずなのに、梨玉といると心が生温(なまぬる)くなってくるから不思議だった。はたしてこの心境は雪蓮にとって毒なのか、薬なのか、いずれにせよ何かが変化しつつあることは事実だった。

「じゃあ行こう！　頑張った自分たちにご褒美だねっ」

「ああ」

試験地獄はまだまだ続くのだ。

むしろこれからが本番といっても過言ではない。

それに伴い様々な試練が課されるのだろうが、今この瞬間だけは、梨玉の温(ぬく)もりに身を任せているべきだと思った。

雪蓮（せつれん）は梨玉（りぎょく）に手を引かれて往来を駆けていく。

（了）

◆参考資料

宮崎市定『科挙―中国の試験地獄―』（中央公論新社）1963年
三田村泰助『宦官―側近政治の構造― 改版』（中央公論新社）2012年
金谷治訳注『論語』（岩波書店）1999年
加地伸行全訳注『論語 増補版』（講談社）2009年
稲田孝訳『儒林外史』中国古典文学大系43（平凡社）1968年
井上進 酒井恵子訳注『明史選挙志1―明代の学校・科挙・任官制度―』（平凡社）2013年

あとがき

初めまして、小林湖底と申します。

本作『経学少女伝　～試験地獄の男装令嬢～』は、第2回ＭＦ文庫Ｊｅｖｏという短編コンテストに寄稿させていただいた原稿を加筆修正して長編化したものです。ラノベにおいて中華風の世界観でありながら三国時代でもなく後宮モノでもない作品は滅多に見かけないように思いますが、ＭＦ文庫Ｊｅｖｏの方針が「何でもＯＫ」――というたいへん懐の広いものだったので、筆の赴くまま自由に書かせていただきました。編集部の皆様、その節は誠にありがとうございました。

何故この題材を選んだかというと、単純に中国っぽいものに興味があったからです。これまでの著作――『ひきこまり吸血姫の悶々』や『少女願うに、この世界は壊すべき』、『吸血令嬢は魔刀を手に取る』などでは随所に中華要素をちりばめてきましたが、今回はストレートに中華風の雰囲気にさせていただきました。趣味全開の小説を書くというのも楽しい経験でした。雪蓮と梨玉がどうやって科挙に挑んでいくのか、その行く末を楽しく見守っていただけましたら幸いです。

ところで、本作の舞台は紅玲朝という架空の中華王朝、現実に当てはめるならば明の後半に差し掛かろうとする時代でしょうか。古すぎるとイメージがつきにくく、近すぎると幻想感が薄れてしまうのでは――ということで、16世紀あたりを舞台にしてみました。

とはいえ、あくまで架空ですので現実の歴史や文化に則しているわけではありません。中国哲学を研究している方、中国語が分かる方、もし「それはない」という点があればごめんなさい。ご容赦ください。また中高生や大学生の方、現実には紅玲国という国は存在しませんし、その他も実際の中国史とは異なる部分がたくさんありますので、テストでは書かないようにお願いできればと思います。

この本は多くの方々のお力添えによって完成しました。雪蓮や梨玉を可愛らしく華やかに描いてくださったイラスト担当のあろあ様、短編の頃から根気強くアドバイスをくださった編集担当のA様、このよく分からない小説の刊行を決めてくださったMF文庫J編集部の皆様、その他販売・刊行に携わっていただいた多くの皆様、そしてこの本をお手に取ってくださった読者の皆々様。誠にありがとうございました。

できれば続きが書きたい！
ということで、ぜひぜひよろしくお願いいたします。

MF文庫J

経学少女伝
～試験地獄の男装令嬢～

2024年 6月25日 初版発行

著者 小林湖底

発行者 山下直久

発行 株式会社 KADOKAWA
〒102-8177 東京都千代田区富士見2-13-3
0570-002-301（ナビダイヤル）

印刷 株式会社広済堂ネクスト

製本 株式会社広済堂ネクスト

Printed in Japan ISBN 978-4-04-683705-9 C0193

●お問い合わせ
https://www.kadokawa.co.jp/（「お問い合わせ」へお進みください）
※内容によっては、お答えできない場合があります。
※サポートは日本国内のみとさせていただきます。
※Japanese text only

◇◇◇

【ファンレター、作品のご感想をお待ちしています】
〒102-0071 東京都千代田区富士見2-13-12
株式会社KADOKAWA MF文庫J編集部気付「小林湖底先生」係「あろあ先生」係